人魚
ろくろっ首
雪女

やまんばと
魔女《まじょ》のたいけつ

楇立悦子／作・絵

おばけちゃん大集合
オオカミ男
のっぺらぼう
魔女
あたしは
おばけじゃ
ないわー！
どのおばけに会いたいですか

おどろおどろしい世界に光あれ

松丸　数夫

宮澤賢治の童話「やまなし」は、川の水底の透明感が強い印象となりました。ゆらゆらゆれる藻の流れが、悲しくなる程の静謐さがありました。

梼立悦子さんの「やまんばと魔女のたいけつ」を読み終えて、読後感が先の「やまなし」と同じ感動を持つのはどういうことでしょう。

「たいけつ」という激しいことばを使いながら、そこで展開されるバトルは妙に静かでくすぐったい程のユーモアが感じられます。雨だれ列車の客は主人公エッちゃんとねこのジン、二人の旅はおどろおどろしいおばけの星をさまようことになります。人を愛することは、人になりきれずに悲しみだけを散りばめた仮想の星を愛し共有するというヒューマニズムを感じることが出来ます。

白い雲はふんわりフワフワ
雲は心地よいすみか
ふんわりベッドですやすやねむると

おどかすパワーもばいぞうさ

この謎にみちたフレーズを口ずさむと、不思議や不思議、勇気がわいて来ます。筆者はこの十年の創作活動の中で自分をおどかし続けるパワーをどこかで学んだことになります。絵手紙と創作童話絵本、そして少年少女俳句大会の企画。ジャンルは次々に拡大されて行きます。

未来のおばけちゃん大集合
おばけはたいくつが大きらい
おばけはあくびが大きらい
ひまな人間をおどかしてあげる
そうさ未来もやっぱりおどかし業

次々と生まれる創造の世界、未来への夢と希望が賢治の世界とがっちり手を組んでいるように思われます。

もくじ

◆おどろおどろしい世界に光あれ　松丸数夫

♠プロローグ……6
1 本当にいる……8
2 お兄ちゃんがないた？……11
3 イヨのたびだち……16
4 リラックスあらわる！……23
5 カッパのカメレオン……36
6 あまだれ電車が空をとぶ……50
7 三つ目こぞうの星……55
8 アーリーのプレゼント……66
9 ろくろっ首の星……77
10 やまんばの星……97

11　のっぺらぼうの星……118
12　雪女の星……135
13　オオカミ男の星……152
14　人魚の星……175
15　とうとうたびの終わり……192
16　魔女ママとパパのかんぱい……199
♠　エピローグ……204
♥　あとがき……208

♠ プローグ

白い雲ふんわりフワフワ
雲は心地よいすみか
ふんわりベッドですやすやねむると
おどかすパワーもばいぞうさ
ぼくたちおばけちゃん大集合
人間たち　おどかすの大すき
人間たち　こまらせるの大すき

人間たち　びびらせるの大すき
おばけの父《とう》さんも母《かあ》さんも
三度の食事は　黄色い声
ひめいに　雷《らい》めいに　さけび声
いろんな声を集めりゃ
りっぱなおばけちゃん
そうさ　しごとは　もちろんおどかし業

1　本当にいる

ある学校に、とんでもない先生がいました。きっと一度聞いただけで、だれもがわすれない。みなさんの中には、大きなひとみをくりくりさせ、口をぽかんとあけたまま立ちつくす人がいるかもしれません。

何がとんでもないかっていうと、先生の正体《しょうたい》は、あのおそろしい魔女《まじょ》だったのです。ここまで読んで、

「きゃー。」

とすっとんきょうなさけび声をあげたあなた、あなたはこわいことが大きらい、どこにでもいるふつうの女の子でしょう。

「なんか、こうふんしてきたぞ。そんな学校があったら、ぜったい行く。」

と強気《つよき》の君、君は何でもきょうみしんしん、ふしぎなことが大すきな男の子でしょう。

ところが、な、な、なんとおそろしいはずの魔女《まじょ》は子どもたちから、『魔女《まじょ》先生』とよばれ、したしまれていました。

「えー、そんなばかな。」

なぜかって？　きっと、だれもがふしぎに思うことでしょう。この本を手にしたあなたに、こっそりとひみつを教えましょう。

ひとことでいうと、この魔女《まじょ》はちっとも魔女《まじょ》らしくなかったからです。人間にもいろんな人間がいるように、魔女《まじょ》にもいろんな魔女《まじょ》がいるのです。

みなさんもごぞんじ、あのきみょうに長い鼻ときつねのようにややつりあがったまゆは、魔《ま》女《じょ》のトレードマーク。

けれど、顔をひきしめているはずのまゆは、つりあがるどころか、反対にだらんと下がっていました。まっ黒けの毛虫が、二ひきなかよく八時二十分をさしていたのです。

というわけで、この魔女《まじょ》は、子どもたちから『魔女《まじょ》先生』とよばれしたしまれていました。もちろん、ほんものの魔女《まじょ》だと信じる人は、だれ一人いません。

魔女《まじょ》の名前《なまえ》は、『エツコ』といいました。

しゅぎょうのために、人間界にやってきたのです。ふるさとのトンカラ山をはなれ、十年がたっていました。

ところが、あわてんぼうのせいかくは、かんたんに直るものではありません、毎日がしっぱいのれんぞくでした。一人前《いちにんまえ》の魔女《まじょ》になるためには、まだまだ時間がかかりそうです。

エッちゃんには、たよりになるあいぼうがいました。『ジン』という名の白ねこです。

二人《ふたり》は、顔をあわせるとけんかばかりするくせに、どこへ行く時もいっしょでした。

これは、おっちょこちょいで失敗ばかりしている魔女《まじょ》とジンのお話です。

2　お兄《にい》ちゃんがないた？

まんまるのひとみをきらきらと光らせて、まいちゃんが教室にやってきました。教室には、五年一組と書いたプレートがかかっています。まいちゃんは、ランドセルをつくえにおくと、ハーハーとかたでいきをして、魔女《まじょ》先生のところへやってきました。かたまでまっすぐ切りそろえられたかみに、まっ赤《か》なジャンパースカートが、とてもよくにあっています。

「魔女《まじょ》先生、おはよう。わたしのお兄《にい》ちゃんのこと、まだおぼえてる？」

「まいちゃん、まかしておいて。しょうへい君のことなら、どんな小さなことだってわすれない。

ふしぎなんだけど、まるできのうのことのようにはっきりとおぼえてるの。魔女《まじょ》先生ね、たぶん、しょうへい君のことは、ぜったいにわすれないと思うよ。だって、とってもいんしょうてきな男の子だったもの。」

「いんしょうてき？」

まいちゃんは、目をぱちくりさせてたずねました。

「ええ、そうよ。何かにねっちゅうすると、自分《じぶん》がなっとくするまでやめないの。うふふっ、一年生の時、こんなことがあったわ。あの時は、ほんとうにおどろいた。」

魔女《まじょ》先生は、思い出し笑《わら》いをしました。

「何があったの？　早く教えて。」

まいちゃんのひとみは、さっきよりもきらきらとかがやきをはなち、お日様もまけそうなほどです。

「わかったわ、まいちゃん。だけど、あんまりあわてないで。魔女《まじょ》先生はにげないから…。たしか、あの日はぽかぽかのようきでどこまでもまっ青《さお》な空がひろがっていたわ。図工の時間、ねんどで、それぞれが思い思いの動物をつくることになった。ほとんどの子どもたちは、キリンやゾウやウサギやイヌ、ペンギンやパンダといったかわいらしい動物をつくった。ところが、しょうへい君ときたら、何をつくったと思う？　なんと、とぐろをまいた白ヘビをつくったの。もちろん、みんなはおどろいた。だって、今にも、かみついてきそうなほどいきおいがあったの。それで終わりかと思ったら大ちがい。しょうへい君は、図工の時間が終わってもねんどをやめなかった。この次、どうしたと思う？」

魔女《まじょ》先生は、まいちゃんにたずねました。

「うーん、うーん、わかんない。」

「こうさんね。それじゃ、教えてあげる。お兄《にい》ちゃんは、白ヘビのたまごをつくりはじめたの。しゅうりょうのチャイムがなるまで、もくもくとつくり続けてた。一時間中つくっていたものだから、たまごはおそろしいほどの数になった。そして、とうとうきゅうしょくの時間。『しょうへい君、作品をろうかにならべようね。』というと、『ろうかはぜったいにだめ。』といって、首を大きくよこにふったの。ふしぎに思って見ていると、ねんど板を持ってとつぜん立ち上がった。まいちゃん、しょうへい君は、どこへ持っていったと思う？」

「どこかなあ。お兄ちゃんはたまごを…つくえの中には入らないし、ロッカーかな？　それとも、黒板の下？　それとも…、うーん、魔女《まじょ》先生こうさん、教えて。」

まいちゃんは、もう一時《いっとき》もまてないといった様子です。魔女《まじょ》先生は、うふふっと笑《え》みをこぼすといいました。

「しょうへい君はね、白へびのたまごを日のあたるまどぎわにおいたの。『どうして？』ってたずねると、にこにこして『白へびのたまごをかえすんだ。』ってこたえたの。そして、たまごのかんさつを始めた。『きゅうしょくを食べましょう。おなかがすいたでしょ。』っていうと、『もしも、ぼくがきゅうしょくを食べている間に生まれたら、たいへんだもの。この目で生まれるところを見たいんだ。』って返事がかえってきた。しかたなく、まどぎわにきゅうしょくを持っていくと『ここで食べるなら平気だよ。』っていって、ようやくおはしをもったの。」

「その話、すっごくお兄《にい》ちゃんらしいな。」

まいちゃんは、話を聞いてにっこりしました。

「まいちゃんも、そう思うでしょう。しょうへい君は、ねっちゅうしていることがあると、だれが何をいってもやめなかった。自分《じぶん》がなっとくするまで、ずっとずっと続けてた。しんの強さがある、とてもやさしい子だったもの。話が長くなっちゃったけど、そんなしょうへい君のこと、わすれるわけがない。」

魔女《まじょ》先生は、久しぶりに、しょうへい君をたんにんしていた時のことを思い出しました。

「そうだ、わたしったら、魔女《まじょ》先生に話すことがあったんだ。うっかりしてわすれるところだった。」

「ええーっ、なーに?」

魔女《まじょ》先生は、きょうみしんしんの顔でいいました。

「あのね、めったになかないお兄《にい》ちゃんが、きのう、大なきしたんだ。おどろいちゃった。わたしもないちゃったけどね。」

というと、まいちゃんの顔がみるみるくもりました。

「どうしたの?」

「あのね、イヨが死んだの。」

まいちゃんの顔が、一しゅん、ゆがみました。

きのうのことを思い出したのでしょう。

「イヨ?」

「うちでかってた犬。」

「そうだったの。ざんねんだったわね。」

魔女《まじょ》先生は、まいちゃんのかたに手をのせました。

「イヨの死を家族みんながかなしんだ。だって、ずっと長いこと、家族の一員だったもの。」

というと、まいちゃんは、ぽつりぽつりと話し始めました。

3　イヨのたびだち

タイムスリップして、一日前にもどりましょう。

ここは、まいちゃんの家です。

うす明かりの空に、気の早いお月さまが、まんまるい顔を出していました。

「ただいま。お母《かあ》ちゃん、おなかぺっこぺこで死にそうだよ。」

習字じゅくから帰ったしょうへい君が、家の戸を開けると、カレーライスのいいかおりが鼻をくすぐりました。早いもので、しょうへい君は、中学一年生になっていました。きゅうにせいがのび、今やお母《かあ》さんをぬきそうないきおいです。

「やったー、ぼくの大すきなカレーだ。」

とさけんだ時、しょうへい君は首をかしげました。

「お兄《にい》ちゃん、お帰りなさい。」

といういせいのいい声がありません。いつもだったら、笑顔《えがお》でとび出してくるはずの妹たちのすがたが、どこにも見あたらないのです。

「へんだなあ?」

ふしぎに思ってくつをぬぎ、部屋《へや》のドアを開《あ》けると、かぞくみんなが何かをとりかこむように集まっていました。台所のテーブルには、できたてのカレーライスが湯気をたてたままのっています。

「どうしたの?」

しょうへい君がたずねた時、まん中に、目をとじたままぐったりしている犬のすがたが見えました。

「イヨ、どうしたんだよ。目なんかとじちゃってさ。元気出せよ。また、いっしょにさんぽしようよ。」

しょうへい君は、習字道具をその場におとしてかけよりました。そして、けんめいに語りかけました。でも、イヨは、目をとじてうなだれたまま、口を開く様子はありません。いくらまっても、返事は、かえってきませんでした。

しょうへい君は、もうどうしていいかわからなくなって、イヨのからだをむちゅうでさすりました。イヨのぬくもりが、手につたわると、しょうへい君の目になみだがうかびあがりました。うっかりまばたきをすると、こぼれおちそうです。しょうへい君は、妹たちに泣いているところをみられたくなくて、ひとみを開いたままがまんしました。

その時です。イヨはとじていた目をほそく開け、最後の力をふりしぼって、クウーンとほえました。たったのひと声でした。小さいけれど、その声は、しょうへい君の耳に強くひびきました。

「そうだ。そのちょうしだ。」

とさけんだ時、イヨは力つきました。一度はあげた頭をドスンとおとし、また目をとじました。

そのしゅん間です。

「イヨ。」

みんないっせいにさけびました。

「あのさ、イヨ、笑《わら》ってるみたい。」

まいちゃんがいいました。

イヨの顔には、うっすらと笑《え》みがうかんでいました。とても、しあわせそうなひょうじょうでした。

しょうへい君は、イヨにほっぺたをつけて、

「イヨ、どうして死んじゃうんだよ。ぼくをのこしていくなんてずるいじゃないか。」

と泣きました。

なみだは、次から次へとあふれだして、とまりません。まいちゃんもりよちゃんも、いっし

ょに大泣きしました。

　イヨは、しょうへい君が一歳《さい》になるちょっと前に北海道《ほっかいどう》からきました。お母《かあ》さんの友人が、おたん生日のおいわいにとプレゼントしてくれたのです。そのせいでしょうか。イヨとしょうへい君は、まるで兄弟のように育ちました。

「しょうへい、もしかしたら、イヨは、最後のおわかれをするためにしょうへいの帰りをまっていたんじゃないかなあ。きっと、『今までありがとう』っておれいがいいたかったんだよ。だから、しょうへいが帰ってくるまでがんばった。」

ここまでいうと、お母《かあ》さんもなみだをこぼしました。

「そんなことなら、ぼく、ずっと帰ってこなきゃよかった。もどらなければ、イヨが生きられたのなら…。どうして帰ってきちゃったんだろう。」

しょうへい君はわけのわからないことをいって、また、なみだをこぼしました。ふだんは、めったに泣かないのに、今《こん》ばんはちがっていました。小さいころにもどったみたいにだだをこねて、お母《かあ》さんをこまらせました。

「おかしなことというものじゃないわ。ここは、あなたの家。帰ってきてとうぜんじゃないの。イヨは、じゅみょうだったのよ。世の中には、しかたのないことだってある。イヨは、しょうへいといっしょで、十分しあわせだった。」

お母《かあ》さんは、自分より大きなしょうへい君のかたをだくようにしていいました。

　しょうへい君のかたが、うなずくように大きくゆれました。少したつと、今度は、おばあちゃんが、

「しょうちゃん、イヨは天国にいったんだ。みんなで、門出《かどで》をいわってやろうよ。それにさ、会

おうと思えば、いつだって心の中で会える。だから、ぜったいにイヨのことわすれちゃいけないよ。」

と、なみだでぬれた目をぬぐっていいました。

「さあ、夕ごはんを食べよう。おなかがすいてちゃ、いくさはできない。ぼくたちが元気出さないと、イヨが心ぱいする。安心して天国にだっていけないさ。」

おじいちゃんはそういうと、立ち上がって台所へ消えました。がんじょうそうなせなかが、上下にふるえていました。手ぬぐいで顔をぬぐうと、

「みんな、お母《かあ》さんとくせいのカレーライスだよ。早く食べよう。」

とさけびました。しょうへい君は、二人《ふたり》の妹に手をひかれ、ようやく立ち上がりました。

お母《かあ》さんは、イヨの顔に白いぬのをかけると、

「おやすみなさい。」

といって両手を合わせ、台所へいきました。

お母《かあ》さんは、せいいっぱい明るい声をはりあげて、

「たくさん食べてね。」

といいましたが、おかわりをする人はいません。カレーライスはつめたくなって、なみだの味がしました。


夜になって、お父《とう》さんが帰ってきました。

「お父さん、イヨが死んじゃった。」

しょうへい君が伝えると、お父《とう》さんは、

「そうか、やっぱりたびだってしまったか。さっき、会社からの帰り道、とつぜんイヨの声が聞こえたんだ。何かあったんじゃないかと心ぱいしていたんだ。そうか、そうだったのか。」

と、くちびるをかんでいいました。

お父《とう》さんをせんとうに、かぞくみんなで、うら山へ行きました。しょうへい君のうでには、イヨがだかれていました。まぶたに月の光があたってしあわせそうに見えました。しょうへい君は、

「イヨ、おまえとこれからもずっといっしょだよ。」

とつぶやきました。

七人は、かいちゅうでんとうと月明かりだけをたよりに、一本道をまっすぐのぼっていきました。

ようやく、うら山につきました。おじいちゃんとお父《とう》さんがあなをほり、その中にイヨをねかせました。毛布をかけてから、じゅんばんに土をかけました。

「なんだかいやだな。」

しょうへい君がつぶやきました。その時、お母《かあ》さんは、泣いていました。月明かりの中で、お母《かあ》さんの目は、まるでウサギさんのようにまっかでした。その時、しょうへい君は、

「お母《かあ》さん、いつまで泣いてたってイヨはもどってこない。だから、泣くのはやめよう。」

といいました。

お母《かあ》さんは、

「しょうへいのいう通り。」

というと、顔をくしゃくしゃにして笑《わら》いました。

数日たち、ともこさんから、魔女《まじょ》先生のもとに一通の手紙がとどきました。ともこさんとは、まいちゃんのお母《かあ》さんです。手紙には、こんなことが書いてありました。


まいがわたしに聞きます。

「イヨ、お星さまになったかなあ。」

「なったかもね。きっと…。」

「そうしたらさぁ、そのお星さま、うちの近くにしてくださいっておねがいしようよ。」

しょうへいは、二メートルほどもある板をイヨがうまっているところへかついでいってたてました。板には、マジックで『イヨのはか』と書いてあります。目をぱちくりさせている私に、

「これなら、だれもふまないでしょ。」

といいました。はか石ならぬはか板です。

やさしい子どもたちにかこまれて、私はしあわせです。

4　リラックスあらわる

あるばんのこと、ジンが、

「このごろ、あんた、めっきり魔法《まほう》をつかわなくなったねぇ。人間界に来たばかりのころは、きがえも、はみがきも、ほうきをとるのさえも魔法《まほう》をつかっていたのに…。」

と、しんみょうな顔つきでいいました。

「そっか。あたしったら、いつの間に…。ジンにいわれるまで気づかなかった。人間の子どもた

ちといっしょに生活していたら、魔法《まほう》のことなんてとんとわすれてた。あたし、魔女《まじょ》だったんだ。」

エッちゃんは、ホットミルクをすすりながらいいました。

魔法《まほう》なんてつかわなくても、生活できるものです。エッちゃんは、ある日、魔法《まほう》をつかった生活がほとほといやになりました。じゅもんさえとなえれば何でもできる生活は、楽にはちがいないけれど、つまらない。何か、ものたらないと感じ始めたのです。それ以来、ぱったりと魔《ま》法《ほう》をつかわなくなりました。

「そうさ、れっきとした魔法《まほう》つかいさ。十年前、りっぱな魔女《まじょ》になるために、人間界へ来たんじゃないか。まさか、わすれたわけじゃないだろうね。あんた、今、しゅぎょう中の身なんだ。」

ジンは、いつになくしんけんにいいはなちました。そして、また続けました。

「ところが、あんたのつかう魔法《まほう》ときたら、人間たちの体から出るあせやなみだをすいとったり、ほうきで空をとんだりするだけ。そんなの魔法《まほう》っていわないよ。魔法《まほう》の中じゃ、初級中の初級だもの。今の時代、五歳《さい》の子魔女《まじょ》だってりっぱにかけられる。あんたさ、今のうちに、考え直した方がいい。いくら魔法《まほう》がきらいだって、たまにはつかわないと、頭がさびついちゃって、そのうち全くつかえなくなるよ。魔法《まほう》のつかえなくなった魔女《まじょ》は、魔女《まじょ》とはいわない。」

「そんなのぜったいいや。魔法《まほう》がつかえなくなったら、こきょうのトンカラ山にだって帰れない。そんなことになったら、それこそ大へん！　魔女《まじょ》ママとパパ、元気でいるかなあ。きゅうに会いたくなっちゃった。」

エッちゃんは、つめたくなったホットミルクを一気にのみほしていいました。

人間界でのしゅぎょうを終えるまで、こきょうに帰れません。自分《じぶん》でいいだしたからには、せきにんがあります。エッちゃんは、

「あたし、りっぱな魔女《まじょ》になるためにとことんがんばる。そして、がんばってがんばってがんばりぬいてしゅぎょうが終わったら、こきょうのトンカラ山に帰る。魔女《まじょ》ママ、パパ、その日までまっててね。」

と、つぶやきました。

ジンは、そんなエッちゃんを見て、

「いつの間にか、こんじょうがすわってきたぞ。」

と、たのもしく思いました。

朝になりました。お日さまがくものあい間からまんまるの顔を出していました。久しぶりのお天気です。エッちゃんは、あわててラジオをつけると、アナウンサーが、

「今日《きょう》は、まちにまったつゆあけです。たまったせんたくものをするのにさいてき。T《てぃー》シャツなら、二時間ほどでかわくでしょう。もちろん、おふとんも半日くらいで、ふかふかになるでしょう。」

といいました。

「つゆあけはうれしいけど、学校は完全にちこくだわ。どうしよう。ジン。」

エッちゃんが、おろおろしていいました。

「あんた、ひとみを大きくしてよく見な。」

ジンは、カレンダーをゆびさしました。ゆびの先には、『夏休み』とかいた赤い文字がありました。

「そうか、今日《きょう》から夏休み。学校はお休みだったんだ。」

エッちゃんは、ほっとしてむねをなでおろしました。

「まずは、はらごしらえ。」

エッちゃんはオーブンにとく大のピザトーストを入れると、その間に、歯をみがき顔をあらいました。今は、一時《いっとき》も時間をむだにしてはいけない気持ちになっていました。タオルで顔をふくと、かがみにうつった自分《じぶん》に、

「あたし、やるわ。」

とつぶやきました。すると、どうでしょう。心のそこから、勇気がふつふつとわきあがってきました。

「ジン、さっそく、魔法《まほう》の練習よ。」

ピザトーストをほおばりながら、エッちゃんはいいました。

「食後のきゅうけいは、きちんととった方がいい。すぐに動きだすとしょうかにわるい。」

ジンは、からのおさらをぺろぺろなめながらいいました。さっき食べたかつおぶしごはんの味が、ほんのりとします。

「なんて、下品な！」

と、みなさんはおっしゃるかもしれません。でもね、しっかりなめると、食べ物をむだにしないばかりか、おさらをあらうという手間もはぶけます。まさに、一石二鳥《いっせきにちょう》だったわけです。ジンは、かしこいねこでしたので、先の先まで考え行動していました。

エッちゃんはジンにいわれると、

「そんなこと、あんたにいわれなくたって十分わかってる。だけど、あたし、今、まてる気分《きぶん》じゃないの。ジン、悪いけど、あたしひとあし先にいって練習してる。」

「わかったよ。場所は？」

「いつもの公園。」

エッちゃんは口をもぐもぐさせながら返事をすると、いきおいよくドアを開けました。

外に出ると、お日さまがさんさんとてり、まるで真夏のようなあつさです。エッちゃんは、一しゅん目をとじました。青い空にはひばりの合唱団《がっしょうだん》がいて、新曲の発表会をしていました。

「まちにまったつゆあけだわ。」

エッちゃんは空にむかってせのびをすると、大きくしんこきゅうをしました。

するとどうでしょう。ほんのりとあまいかおりがみどりの風にのり、エッちゃんの鼻をくすぐりました。

「何のかおりかしら?」

ふしぎに思いふり返ってみると、庭のすみっこにうえてあったユリの花がいっせいに開いているではありませんか。たしかに、きのうまでは、小さなつぼみだったのです。エッちゃんは、目をぱちくりさせました。

「すっごい、たった一日で、こんなにみごとな花をさかせるなんて。」

ユリの花は、つゆあけと同時に、美しい花をさかせました。今年のつゆは、いつもより長かったので、どの花もまちきれなかったのでしょう。お日さまが顔をのぞかせると、みんないきおいよく開きました。花びらのうちがわは、ちょっぴりはじらうようにサクランボ色をしています。

「一、二、…十こもさいたわ。このユリは、あたしがこきょうをたびだつ日、魔女《まじょ》ママが持たせてくれた。そういえば、『こまった時、何かの役にたつかもしれない。』って笑《わら》ってたっけ。一年にひとつずつ花をふやし、今年でとうとう十この花をつけた。」

エッちゃんはその当時を思い出し、ぼんやりとユリの花をながめていました。

しばらくすると、ジンがのろのろやってきて、エッちゃんのすがたに足をとめました。

「あんた、まだここにいたのか。魔法《まほう》の練習だなんてかっこいいこといって、早くからとび出していったくせに…。やっぱり口だけだったのか。」

というと、がっくりかたをおとしました。

「ちがうわ。この花を見ていたら、こきょうがなつかしくなっただけ。けっしてさぼっていたわけじゃない。」

エッちゃんは、ジンに魔女《まじょ》ママからもらったユリの話をしました。すると、ジンはこうふんした口ぶりで、

「このユリは人間界にすむ年の数だけ、花をつけるってわけか。さすが魔女《まじょ》ママだ。あんたが、わすれないようにとの心くばりだ。」

と、いいました。

「ところでさ、二十年たったら二十こ、三十年たったら三十こさくのかな。もしそうだったら、あたし、ぜったいに見てみたい。みごとだろうな。ぼうけんきっぷの使用きげんは、さい高百年まで。ぎりぎりまで人間界にいたら、百この花が見れるってわけね。」

「その時は、たぶんだけどユリは木になっている。家のやねをこしているだろう。」

「あたし、ハンモックをつけて、おひるねの場所にしようかな。あまいかおりがして、いいゆめが見られそう。」

エッちゃんがうっとりしていった時です。

「魔女《まじょ》さん、はじめましてリリィ。」

どこからか、かねをうちならしたような低い声がしました。エッちゃんがきょろきょろすると、また声がしました。

「ここじゃよここ、魔女《まじょ》さんの目の前にいる。よーく見なされリリィ。」

エッちゃんは目を大きく見開いて、声のするあたりをさがしました。でも、何も見えません。

「そうだ。」

エッちゃんはいそいで家にかけこむと、ひきだしをごそごそかきまわし、何やら手にして出てきました。手にしていたものは…？　そうです。みなさんもよくごぞんじの、まるい虫めがねでした。

　さっそく、ユリの花に近づけてみました。するとどうでしょう。めしべの上に、金色のひげを生やしたおじいさんが、両うでをくるくると回し笑顔《えがお》をふりまいているではありませんか。目のさめるようなボタン色の着物にスミレ色のおびがマッチして、気品さえかんじられました。

　目をこらしてみると、その着物には、まっ白いユリの花があざやかにえがきだされていました。声の主は、おそらくこのおじいさんにまちがいないでしょう。エッちゃんは、こわごわ声をかけました。

「こ、こ、こっ、こんにちは。おじいさん。」

「しつれいな。わしは、まだおじいさんではないぞリリィ。つい最近《さいきん》、一万さいになったばかり。花のせいの中では、まだまだわかいほうじゃリリィ。何億《なんおく》さいというせいたちもざらにおる。ああごめん、じこしょうかいがおくれてしもうたが、わしは『ユリのせい』じゃリリィ。この花にすみついてから十年がたつ。そうだリリィ、魔女《まじょ》さんに、わしがわかいというしょうこをお見せしよう、ほら、これを見なされリリィ。」

というと、着物のそでをまくり、力こぶをつくって見せました。

エッちゃんは、ユリのせいがあんまりひっしなので、ふきだしそうになりました。でも、ここで笑《わら》ったらたいへん。今《こん》どは、本気でおこりだしてしまうでしょう。エッちゃんは、じっとこらえていいました。

「ごめんなさい。ユリのせいさん、あたしったら、なにも知らないものだから…。」

「いいんじゃよ。知らないのも無理はないリリィ。わしが一方てきに、魔女《まじょ》さんのことを見ていたんじゃからな。それに、本当のことをいうと、わしは、魔女《まじょ》さんに見つからぬように、かくれていたリリィ。」

ユリのせいは、ことばのさいごにリリィとつけました。ユリのせいたちの方言なのでしょうか。エッちゃんは、おもしろいなと思いながら聞いていました。

「それにしても、十年間もかくれつづけるなんて…。きっと、あなたはかくれんぼの天才だわ。」

エッちゃんがかん心していうと、

「あんたの目がふしあなってこともある。」

と、ジンがひとりごとをいいました。

「あんただって、同じじゃないの。しつれいなこといわないで。」

エッちゃんが、おこっていい返しました。

「あははっ、二人《ふたり》ともけんかせんでいい。君たちの目がふしあなってことはないリリィ。わしのからだはな、ユリの花がさいている時はだれの目にも見えるが、それ以外は見えんようになっておる。どうしてかってリリィ？　それはな、花がさいておらん時は、からだが空気にとけるしくみになっておるからじゃ。しかも、わしのからだはアリよりも小さいリリィ。だから、気がつかんでもあたり前じゃよ。」

「ところで、かくれていたはずのあなたが、どうしてすがたをあらわしたりしたの？」

エッちゃんは、目をぱちくりさせてたずねました。

「魔女《まじょ》さんに、すべてをお話ししよう。あんたは、人間界についたそのばん、家の前にユリのきゅうこんをうえたリリィ？」

「あたし、魔女《まじょ》ママとやくそくしたの。すむ家が見つかったら、すぐに庭にうえてって。」

「そうか。魔女《まじょ》さんは魔女《まじょ》ママとのやくそくをしっかりと守ったんだリリィ。ちょうどその時、わしは何かの力にひっぱられるように、ここへきたリリィ。それ以来、ここがわしの家になった。それまでは、キキョウ山のふもとにさいたヤマユリがすみかじゃったリリィ。じつはな、ここへついて初めてのばん、魔女《まじょ》ママからでんぽうがとどいたんじゃ。わしはでんぽうをもらったことがなかったので、こしがぬけそうなほどびっくりしたリリィ。たしか、はいたつしてくれたのはトンカラ山のカラスだった。」

「でんぽうには、いったい何て？」

エッちゃんは、なかみが知りたくてたまりません。

「あのな、たしかこうじゃった。『はじめまして、ユリのせいさん。わたしのむすめは、たった今、人間界へついたばかり。りっぱな魔女《まじょ》になるため、しゅぎょうに出たのです。ほんとうは、すぐにでも後をおいたかった。でも、それはかなわないゆめ。一人たびだからこそ、しゅぎょうの意味があるのです。しかし、いくらわかっていても、心ぱいでなりません。何ども空をながめては、ためいきをついていいます。数日前から、心がはらはらして、夜もねむれません。それで、あなたにおねがいすることを思いたったのです。ユリのせいさん、あなたのことは、わたしのママから聞いていました。あなたは、わたしのしゅぎょう中も見守ってくださった。ねっ、そうでしょう？　長くなりましたが、むすめのことをよろしくおねがいします。もし命にかかわるような一大事があったら、すぐにれんらくをしてください。このことは、むすめにはないしょです。もし、十年間が何ごともなくすぎさったら、すがたをあらわしておいわいしてやってください。』となぁ。ほんとうのことをいって、わしは、魔女《まじょ》ママのことは全く知らないリリィ。魔女《まじょ》ママのしゅぎょう中見守っていたのは、だれかほかのユリのせいだと思うんじゃよ。人ちがい、いやいや、せいかくにいうと、ユリのせいちがいとでもいった方がいいかな？　あっはっはは。」

ユリのせいは、大声で笑《わら》っていいました。

「だけど、どうして、ちがうってわかったのに、ひきうける気になったの？」

エッちゃんのひとみは、キラキラとかがやいています。

「わしはな、ふしぎなことやおもしろいことが大すきなんじゃ。お金をはらってでも、やりたいと思っておるリリィ。この世に長くすんでいても、魔女《まじょ》なんて生まれて初めてじゃろう？　どんな生き物なんだろう？　どんなむすめなんだろう？　そうぞうするだけで、ときめいたリリィ。それにな、ユリちがいでも、でんぽうをもらったのは何かのえん。魔女《まじょ》さんと知り合う運命《うんめい》じゃったのだリリィ。言葉をかえていうなら、まちがってはいたつされる運命《うんめい》があったということじゃ。この世は、ふしぎに満ちておるリリィ。『えん』と『運』のれんぞくじゃ。自分《じぶん》にむかってきたえんを、何も知らないうちから手放すことはなかろうと思い、この話にのる気になったんじゃリリィ。」

ユリのせいは、ひとことひとことをゆっくりとかみしめるように話しました。

「そうだったんだ。」

「魔女《まじょ》ママとのやくそくどおり、わしはすがたをかくし、魔女《まじょ》さんを見守ってきたリリィ。この十年間、魔女《まじょ》さんはたくさんのぼうけんをし身も心も大きくせいちょうした。思いかえせば、命《いのち》からがらのぼうけんもあったリリィ。しかし、力をふりしぼってのりこえてきた。今や、魔《ま》女《じょ》さんの命《いのち》は、ダイヤモンドにまけないほどかがやいているリリィ。そんなわけで、この十年間、魔女《まじょ》ママには一どもれんらくをせずにきた。まさに今、わしはやくそくどおりすがたをあらわしたリリィ。そうよ、魔女《まじょ》さんのおいわいをするために…。」

ユリのせいは、すばやくりょう手を合わせるしぐさをしました。

「あの小さなきゅうこんに、海より大きな愛《あい》がつまっていたなんておどろきだわ。魔女《まじょ》ママったら、あたしのことが心ぱいだったのね。」

「いつの時代も、親は子どものことが心ぱいなものさ。」

というと、ユリのせいは目をとじました。

その時です。お日さまの光がちょうどユリのせいのまぶたにあたり、金色に光りました。エッちゃんは、

「なんておだやかなひょうじょうをしているのかしら。まるで仏《ほとけ》さまみたい。」

と、思わずみとれてしまいました。ユリのせいは目を開けるといっしゅん遠くをながめ、ぽつんとつぶやきました。

「魔女《まじょ》さんはしあわせ者じゃよ。」

「あたしがしあわせ者？」

「そうさ、自分《じぶん》のことを心ぱいしてくれる人がいるっていうのは、さいこうにしあわせなんじゃ。」

「そんなものかしら?」

「しあわせな時にしあわせは見えない。失って初めて気づくのじゃリリィ。」

「心にしみる言葉ね。」

エッちゃんは、むねに手をあてていいました。

「おおいにしみてくだされ。」

「もう、いじわるなんだから…。ところで、ユリのせいさんは、ずっとあたしのことを見ていたの?」

「そうじゃよ。ここはてんぼうだい。魔女《まじょ》さんの家の中も外もいちぼうできるリリィ。わしは、この十年間、ずっとここにおった。だから、魔女《まじょ》さんの身におこったことは、ほとんど知っているリリィ。悲しみもよろこびも、ともにたいけんしてきたつもりじゃ。だから、魔女《まじょ》さんの考えてることはたいていわかるリリィ。まったくの他人《たにん》とは思えんのじゃ。気がついたら、自《じ》分《ぶん》のむすめのような気分《きぶん》になっておったリリィ。魔女《まじょ》さんは、この十年間でみちがえるほどせいちょうしたよ。わしもうれしいリリィ。」

「むすめだなんてうれしいわ! ありがとう。だけど、あたしがせいちょうしたなんてほんとう? 自分《じぶん》じゃ、ぜんぜんわからないんだけどなあ。」

エッちゃんは、首をかしげました。

「せいちょうなんて、そんなものさ。本人にはよくわからんリリィ。」

というと、ユリのせいはほほえみました。

「ところで、ユリのせいさん、どんなおいわいをしてくれるの?」

エッちゃんは、どきどきしてたずねました。

「まかしておきなされ。もう用意してある。そんなことより、わしのことを、あいしょうで『リラックス』とよんでくれんかリリィ。」

「いいわよ、だけど、ユリは英語でリリィでしょう?」

「わしはくつろぐことが大すきなものでな。やわらいだり、力をぬいてくつろいだりすることを、英語でリラックスというんじゃよ。きんちょうもいいが、その後のリラックスもとっても大事じゃリリィ。」

「オーケー、リラックス。そのかわり、あたしのことも『エッちゃん』てよんで。」

「いいよ。エッちゃん。」

ユリのせいは、にこにこしていいました。

少したつと、ユリのせいが青い顔をしてさけびました。

「しまった。ついついわしは、ひみつをしゃべってしまったリリィ。魔女《まじょ》ママからのでんぽうにむすめにはないしょと書いてあったのに…。」

「大じょうぶよ、あたし知らなかったことにしておく。」

エッちゃんが笑《わら》っていいました。

5　カッパのカメレオン

「そろそろ来てもいいころじゃが…。」

ユリのせいが、うで時計をちらちら見ながらつぶやきました。

「だれか来るの?」

エッちゃんがふしぎそうにたずねました。

「あまだれ電車じゃよリリィ。」

「あまだれ電車?　花の中に電車なんて通ってるの?」

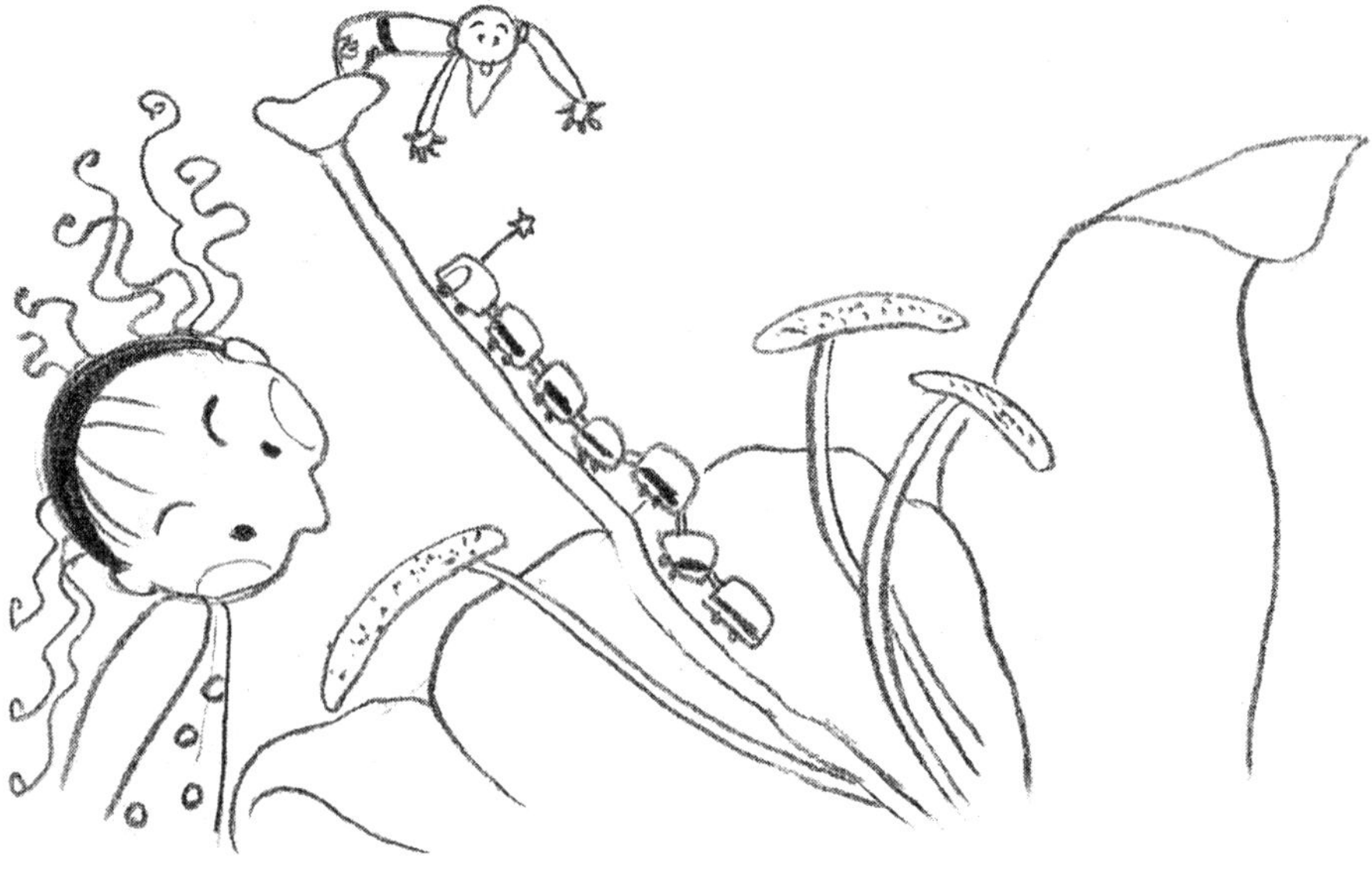

「ああ、通っているよ。ほらっ、きたぞ、あの電車には、わしのあいぼうがのっておるはずじゃ。」

エッちゃんが目をこらすと、すきとおったあまだれが、いきおいよく花びらのうちがわをかけおりました。時速百キロはありそうです。

「うふふっ、リラックスったらあたしをだましたわね。電車だなんて、ただのしずくじゃないの。」

といった時、あまだれはスピードをおとし、めしべをゆっくりとのぼってきました。七つのしずくが一れつにならび、めしべの先まできた時、ぴたっととまりました。てい車したのは、ちょうどユリのせいの目の前です。

「カメレオン、お前は、あいかわらず、うんてんがうまいなあ。てい車のいちが、一ミリもくるっておらんリリィ。」

感心してりょう手をたたいた時、あまだれ電車の中から、みどり色したカッパがおりてきました。

目はクリクリして、口はアヒルのようにとがっています。体にはうろこがあり、せなかにはカメににたこうらをしょっていました。手と足には、とくゆうの水かきがあります。頭の上にはくぼみがあり、水が入ってゆらゆらゆれていました。そのまわりに、エメラルド色したかみの毛が、まるでドーナッツみたいに生《は》えていました。

エッちゃんは、目をうたがいました。だって、大むかしから、『カッパは想像上《そうぞうじょう》の動物であって、げんじつにいない。』とされてきた生きものです。当然、物語の中でしかお目にかかったことがありません。ところが、どっこい、なんとっとっとっと、手をだせばとどくほど近くにいるのです。エッちゃんは、どんなにおどろいたことでしょう。

ためしにほっぺをつねってみました。

「いたい！」

エッちゃんは、あまりのいたさにとびあがりました。

ということは、今、おこっているということは、げんじつにおこっているということです。ゆめじゃないことは、ぶたがさかだちしたってたしかでしょう。

「あっあなたは、もしかして、カッカッカッカッパ?」

「もしかしてでなく、まさしくカッパさ。カッパいがいの何ものでもない。それとも、おいらが、ライオンやキリンにでも見えるっていうのかい?」

「ううん、ぜんぜん見えないわ。そういうことじゃなくって、カッパという生きものが、この世にそんざいするってことが、すぐに信じられなかったの。ごめんなさい。」

エッちゃんがもうしわけなさそうにあやまると、ユリのせいは、

「あやまらんでいい。地球《ちきゅう》の人間たちは、みなカッパはいないと思っておる。エッちゃんだけじゃないさリリィ。しかしな、そんざいするから、カメレオンがここにいる。もし、そんざいしていなかったら、ここにはいないリリィ。エッちゃん、これは、ちっともむずかしいことじゃない。目の前にいるものは、そんざいするってことなんじゃリリィ。」

と、しずかにいいました。

「リラックス、この世にカッパがいるってことは、よくわかった。だけど、さっきから、カッパのことをカメレオンて…。いったいどういうこと?。」

エッちゃんは、ふしぎな顔をしてたずねました。

「おいらさ、カッパだけれど、『カメレオン』ていう名前《なまえ》なんだ。」

「ややこしいのね。」

「ややこしくて、ごめん。」

カッパはあやまると、ゆれて頭の水がこぼれおちました。

「あなたをこまらせるつもりはなかったの。こっちこそ、ごめん。ややこしくたって、名前《なまえ》は自由だもの。どうつけようと、あなたの勝手。」

エッちゃんは、あわてていいました。

「この名前《なまえ》をつけてくれたのは、父《とう》さんなんだ。カメレオンは、へんしんの名人だろう。もし、いのちをねらわれても、体の色をかえればうまくにげのびることができる。そんなねがいがあって、この名前《なまえ》にしたらしい。この話は、母《かあ》さんにいくどとなく聞いた。」

カッパは、頭に手をやると、てれくさそうに笑《わら》いました。

「どの世界でも、親のあいじょうってふかいものね。」

「ああ、カメレオン、しょうかいがおくれてしもうたが、この人は魔女《まじょ》なんじゃリリィ。とはいっても、まだ、しゅぎょう中の身らしいが。名前は、えっと。エエエ…。」

ユリのせいは、名前が思い出せずに黒目をグルングルンと回しました。

「エツコっていうの。」

「そうじゃった。ごめんよ、エッちゃん。」

「あやまらなくたっていいわ。うふふっ、あたしたち、さっきから、あやまってばかり。」

エッちゃんは、とつぜんおかしくなって笑《わら》い出しました。リラックスもカメレオンも、いっしょにおなかをかかえて笑《わら》いました。


その時です。生まれたての風がふき、しずくをプルンプルンとゆらしました。お日さまはゆっくりほほえむと、七色のシャワーを作りだし、すきとおったしずくにかけました。

そのとたん、七両の電車は、イチゴ色とピーチ色とオレンジ色とパイナップル色とマスカット色とキィウィ色とヤマブドウ色にそまりました。くいしんぼうのお日さまは、おなかがすいていたのでしょう。絵の具のパレットに、フルーツカラーばかりを作り出しました。

「なんて、きれいなの！　あたし、あまだれ電車にのってみたい。」

エッちゃんがこうふんしてつぶやくと、カメレオンがこまった顔をして、

「エッちゃんが小人になれたらなあ。そのまんまじゃ、電車がこわれてしまう。これは、おいらのたからものなんだ。」

といいました。

「あんたは、魔法《まほう》つかい。そんなの朝めし前だろう？　魔法《まほう》をつかういいチャンスだよ。」

それまでずっとちんもくし、話を聞いていたジンがとつぜん大声をはりあげました。

「そうか、そうよね。あたし、魔女《まじょ》だもの。そんなの、お茶の子さいさい。サッチョンパッとやっちゃうわ。」

エッちゃんは自信まんまん。バレエのまねをしてクルクルクルと回りました。

「何だかほっとしたよ。」

「ジン、あたしを、もっと信じて！」

「わかった、信じるよ。さっそく、小人になろう。あんた、かんじんのじゅもんは大じょうぶだろうね。」

「えーっと、チイサク…？　何だっけ？　どうしたんだろう？　思い出せない。ごめん、わすれちゃった。」

エッちゃんは、ひたいにしわをよせ頭をかかえると、その場にしゃがみこんでしまいました。

「何だよ。もっと信じてなんていっといて、これじゃ信じられないよ。なさけないなあ。だけど、ぼくのよそうどおり。じゅもんは、ほらっ、これだよ。」

ジンは、じゅもんじてんのページを開き、

『小さくなる』のところをゆびさしました。

「そうよ。思い出したわ。このじゅもん。なつかしいなあ。」

エッちゃんは、はしゃいでいいました。

「あんたね。よろこんでいるひまはない。早くしないと、電車がでていってしまう。」

「そうね。ジンのいうとおり。さっそくじゅもんをとなえましょう。あんたも、いっしょよ。さあ、ここにきて！」

エッちゃんが手まねきすると、ジンはかたにとびのりました。

「しっかり、たのむよ。」

「レアナクサイチニウヨノクズシレアナクサイチニウヨノクズシレアナクサイチニウヨノクズシ！」

エッちゃんがじゅもんをとなえると、二人《ふたり》はどんどん小さくなっていきました。周りの景色は、はんたいに大きくなっていきました。

　小さくなって、小さくなって、しずくほどの大きさになると、魔法《まほう》はとまりました。エッちゃんがきょろきょろすると、周りはまっ白いへいにとり囲まれていました。下の方は少しだけサクランボ色をしています。

「どこもかしこも、へいだらけ。何だかぶきみ。」

エッちゃんは首をすくめ、ぶるぶるふるえていいました。

「大せいこうだ。エッちゃん。」

カメレオンが、ぎょろ目になって声をかけました。

「へいだらけ？　これは、ユリの花びらじゃが…。」

リラックスが、頭をかしげました。

「そうか、あたしたちが小さくなっただけ。へいの正体《しょうたい》は、ユリだったんだ。」

「ギャー、足がうごかない！」

とつぜん、ジンがさけびました。

「あたしも――――！」

今どは、エッちゃんがさけびました。

「あははっ、これはな、めしべからでる『愛のジュース』じゃよリリィ。ここは、めしべのちょうじょう。めしべの先には、かふんをつきやすくするために、ゼリーじょうのえきたいを出すしくみがある。わしらは、このゼリーが足につかないように、げたをはいているんじゃリリィ。

エッちゃんとジン君、これをはきなされ。」

というと、リラックスは、サクランボ色したはなおのげたをさしだしました。リラックスはジンのこともよく知っていました。

「ありがとう。」

エッちゃんとジンは、さっそくげたをはくと、うれしくなってぴょんぴょんはねました。

　花びらから花びらにとびのりました。下を見ると、まるい形をしたガラスのかいじゅうが横たわっています。何かって？　そうです。

エッちゃんの虫めがねでした。

「あまだれ電車が出るよ。」

リラックスの声が、ひびきわたりました。

「ジン、いそごう！」

めしべの先にもどると、リラックスがまじめな顔をしていいました。

「じつはな、おいわいは、『あまだれ電車のたび』にしようかと思っていたところなんじゃ。小さくなれたことだし、いかがかなリリィ？　ただし、期間は、一週間。エッちゃんは学校のプール当番もあるし、それくらいがちょうどよかろうリリィ。」

「ほんとう？　とってもうれしいわ。」

エッちゃんはうれしさのあまり、リラックスの周りをグルグル回りました。

「ねがいがかなってよかったじゃないか。ぼくも、おともをさせてもらうよ。」

「もちろん！」

ジンもうれしくなって、いっしょにかけました。

「おいおい、二人《ふたり》とも目が回るよ。君たちの気持ちは、十分わかったリリィ。それじゃ、気をつけて、行ってきなされ。」

「はーい。」

「ニャオーン。」

電車にちかづくと、ドアが自動的《じどうてき》に開き、二人《ふたり》はとびのりました。

「カメレオンや、この方たちをどこかすてきなところへ案内してやってくれないか？　人間界十年のおいわいなんじゃよリリィ。」

リラックスがウィンクすると、カメレオンはりょう目をとじて、

「まかしておくれ。」

といいました。カメレオンは、ウィンクがにがてでした。かた目をとじようとすると、りょう目をとじてしまうのでした。

次のしゅん間、リンリンリンとすずの音がなり、うんてん席のドアがしまりました。

「あなた方は、『あまだれ号』初めてのお客さんです。さあ、しゅっぱつしんこう！」

カメレオンが、はりきってさけびました。

「どこへ行くのですか？」

エッちゃんがたずねました。

「どこへ行きましょう？　お客さま。」

カメレオンがたずねました。

「どこでもいいの？」

「ああ、どこだっていい。行き先は、お客さんがきめることになっている。といっても、たった今きめたばかりなんだけど…。この電車はどこへだって行ける。何てったって、水てきでできているだろう？　じょうはつして空気にとけこむこともできるし、ひえてこおることもできる。はねをつければ、地球《ちきゅう》のうらがわだって、ひとっとび。宇宙《うちゅう》だって、数びょうあればとび出せる。空のたびや海のたびだって、自由じざいさ。」

「あたしって、どこでもいいっていわれると、えらべない。」

エッちゃんは、石のようにかたまってしまいました。

「どうしたんじゃ？　なかなかしゅっぱつしないようじゃが…。」

リラックスが心ぱいして、まどをのぞきこみました。

「行き先がきまらないの。」

「そうじゃったか。でも、そんな顔をしていたんじゃ、せっかくのたびがだいなしじゃリリィ。」

リラックスは、しばらく考えていましたが、とつぜん、手をたたいて、

「そうじゃ。あの本に…。」

というと、めしべのしんぼうまでおりていきました。エッちゃんとジンがおどろいて、電車の外に出てきました。

「リラックス！　とつぜん、どうしたの？」

とさけんだ声も耳に入らなかったらしく、返事がありません。少しすると、あらいいきをしてのぼってきました。せなかには、ぶあつい本をしょっていました。あまりの重さで、手では持ちきれなかったのでしょう。

「エッちゃん、これじゃよ。」

リラックスのさしだした本は、表紙があざやかなコバルトブルーで、真ん中に『最新カッパじてん』と金色の文字で書かれていました。

「カッパじてん？」

「ああ、これは、わしが長い間、持っていた本じゃ。最近まで、本だなでねむっていたリリィ。だが、カメレオンに会ってから、時おり、ページをめくるようになった。ここに、おもしろいことが書いてあるんじゃリリィ。ついさっき、そのことを思い出し、とりにもどったというわけじゃ。」

「ねえねえ、なあに？　早く教えて！」

エッちゃんは、一時《いっとき》もまちきれません。

「わかったよ。こういうことじゃリリィ。だがな、カメレオンにはないしょじゃよ。」

というと、リラックスは、じてんのページをめくり読み始めました。

『カッパ伝説《でんせつ》』によると、こうである。

カッパの頭の上には、おさらがある。この中には、いつもしんせんな水が入っている。

もし、この水がかれてしまうと、どうなるかって？　たちまち生活できなくなってしまうだろう。しんせんな水は、カッパたちのエネルギーのみなもとなのだ。

すきなのりものは、『あまだれ電車』である。ひまな時は、たいてい、この電車をのりまわして遊んでいる。くだものの木やあまいかおりの花やせいの高い草をとびまわる。

さて、頭のおさらに、水ではない他の液体《えきたい》を入れると、どうなるだろう？　ぎもんのわくところである。カッパの研究《けんきゅう》に長《た》けたある学者は、このように語っている。この学者は、今や、『カッパはかせ』とよばれるくらい、カッパのことをよく知っている。


（　はかせの話　）


おさらに他の液体《えきたい》を入れると、カッパは、まちがいなくこうふんする。ふだんとは、全くちがったものが刺激《しげき》ざいとして入ってくるのだから、当然のことである。

つまり、頭から取り入れられた液体《えきたい》は、まず、脳《のう》にはいる。異常《いじょう》に気づいた脳《のう》は、「たいへんだ。いつもとちがう水が、入ってきたぞ。」と、体の部分に指令を送る。しかし、カッパにとって液体《えきたい》はかくべつ必要なものである。すてられるどころか、各場所に運ばれ、はんたいに、しっかりと吸収《きゅうしゅう》される。まっかな道路である血管に入り、からだ全体にいきわたる。こうして刺激《しげき》ざいは、頭のてっぺんから足のつま先まで、細部《さいぶ》にまで入り込む。おさらに水が入ってから、やく1分ほどで、この作業は終了する。もしとりしまりのけいさつ官がいたら、血管の中は、スピードいはんの車でいっぱいであろう。こうして、『こうふん』はできあがる。

　こうふんすると、どうなるのだろう？　こうふんとは、しんけいが高ぶることである。そうなると、周りが見えなくなる。落ち着きがなくなり、本能的《ほんのうてき》に一番やりたいこと、一番すきなことをするだろう。カッパのすきなことといったら、もちろん、あまだれ電車にのることである。これ以外にない。エキサイトして、いろんなところへ走り出すにちがいない。やがて、気分が絶好調《ぜっこうちょう》にたっした時、ビュンビュンとスピードをあげるだろう。

　おさらに入れる液体《えきたい》のしゅるいにより、こうふんの度合いがちがう。つまり、こうふんの大きさにより、カッパのとる行動にもちがいが起こる。しかし、ざんねんなことに、これらのことは、まだ、実証《じっしょう》されていない。何年たっても、想像のわくをこえないのである。なぜなら、未《いま》だ、このかた、カッパという生き物が、地球上《ちきゅうじょう》で見つかっていないからである。

　一日も早く、実証《じっしょう》されることをいのる。

リラックスは、読み終えると、ふーっとふかいためいきをつきました。

「エッちゃんや、…ということじゃ。」

「やっぱり、この本にもカッパは見つかっていないって…。ここにいるのにね。」

「ああ。」

「ところで、この本がどうしたの？」

エッちゃんが、チンプンカンプンの顔でたずねました。

「あんたは、まったくどんかんだね。たびのとちゅうで、もしも水がかれそうになったら、満たしてくれってことでしょう？」

ジンがいいました。

「そうじゃ。その通り。だがな、わしがいいたかったのは、他のことじゃ。おさらに入れる水のしゅるいをかえると、カメレオンはどうなると思う？」

「そんなのわかるはずないわ。この本にも、わからないって…。」

エッちゃんは、こまった顔をしました。

「そうじゃろう、エッちゃん、それをたしかめるんじゃリリィ。カッパは、おさらの水を体に取り入れて活動する。水のしゅるいをかえるとこうふんして、あまだれ電車のスピードをあげるらしいリリィ。しかしな、どんな行動をとるかはわかっていない。それを、しっかりとたしかめるんじゃ。地球上《ちきゅうじょう》、初めての発見となるだろうよ。」

リラックスの目は、かがやいていました。

「あたし、やってみる。」

エッちゃんが、力強くいいました。

「これをつかっておくれ。」

リラックスがさしだしたものは、小さな四角いはこでした。

「これって、自動はんばいきじゃないの！」

エッちゃんは、品物を見ておどろきの声をあげました。

「ああ、そうじゃ。たしかに自動はんばいきじゃ。」

「どうして、これを？」

ジンがたずねました。

「カメレオンの頭のおさらに入れるのじゃ。この中には、いろんなしゅるいの液体《えきたい》が入っておるリリィ。ボタンをおせば、すぐに出るしくみになっておる。そこのコップに、つかいたい分だけ出しておくれリリィ。お金は、もちろん入れなくていい。このはんばいきはただで、えいきゅうにかれることはないんじゃよリリィ。わしらようせいたちの間では、ちかごろはやっておるんじゃよ。ついせんだって、火星の『べんりやショップ』でかってきた。うれしいことに、ミニサイズで、かるいんじゃリリィ。おかげで、どこへでも、かんたんにもちはこべる。」

リラックスが、にこにこしていいました。

「ありがとう。大切《たいせつ》につかわせてもらうわ。」

エッちゃんは、四角いはこを見つめていいました。

6　あまだれ電車が空をとぶ

「どうしたんだい？　二人《ふたり》とも、あんまりおそいから、まちくたびれちゃったよ。」

カメレオンは、大きなあくびをしていいました。

「ごめん、ごめん。今、行くわ。」

エッちゃんとジンは、あわてて電車にとびのりました。

「ところで、行き先はきまったかい？」

「もちろんよ、カメレオン。こっちにきて。」

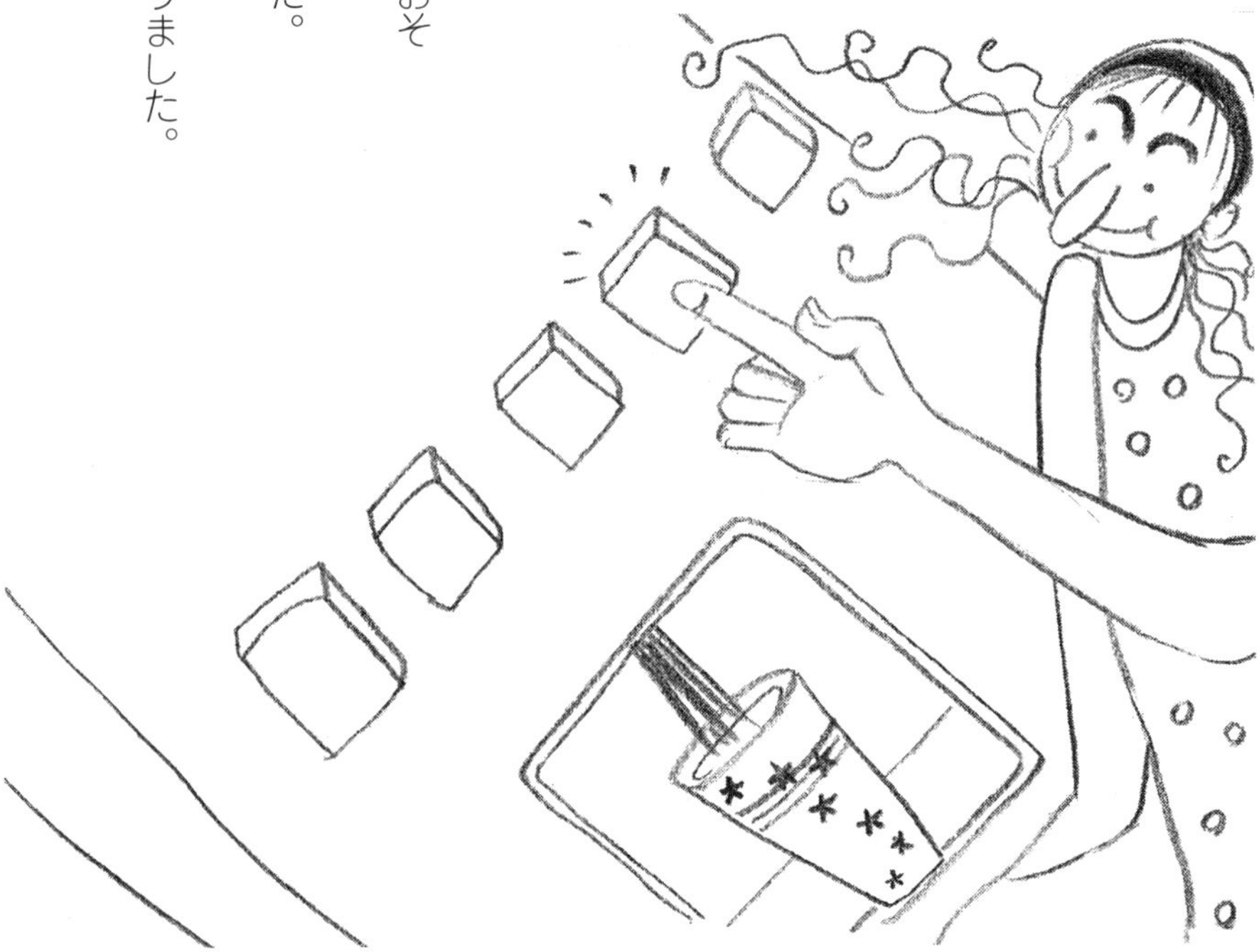

というと、手まねきしました。

「どうしたの？」

といってちかづいた時、エッちゃんは、

「おなかがいたい。」

といって、とつぜん、しゃがみこみました。

「大じょうぶかい？」

心ぱいしてこしをまげた時、カメレオンの頭の水が一気《いっき》にこぼれおちました。みごとに、からっぽです。

じつは、エッちゃんとジンのさくせんでした。何とかして、カメレオンのおさらをからにしたかったのです。でも、カメレオンは、知るはずがありません。

「しまった！　ぼくの命《いのち》の水がなくなってしまった。」

と、おろおろしていいました。

「あたしにまかせて！」

というと、エッちゃんはズボンのポケットに手をやり、四角いはこをとりだしました。しゃがみこんだままてのひらにのせると、すばやくスタートボタンをおしました。

あんまりあわてていたので、どれをおしたのかわかりません。すぐに、あまぐり色の液体《えきたい》がふきだしてきました。と同時に、せんようのコップが自動的にセットされました。

こんな小さいコップでは、すぐにあふれ出してしまうでしょう。ところが、コップはあふれ出すことなく、あまぐり色の液体《えきたい》をうけとりました。

「うふふっ、ちょうどね。」

とつぶやくと、エッちゃんは、後ろをふり返ってさけびました。

「カメレオン、さあ、頭を出して！」

エッちゃんは、カメレオンのおさらにあまぐり色の液体《えきたい》をどくどく流し込みました。おさらがいっぱいになった時、コップはからになっていました。

「ぴったりだ。」

ジンがおどろいていいました。

「ありがとう。エッちゃんのおかげで、生きのびた。ところで、おなかは大じょうぶ？」

カメレオンは何も知らないので、おれいをいいました。

「どっ、どういたしまして。」

エッちゃんは、悪いことをしているようで、カメレオンの顔をまっすぐに見れませんでした。

「何だか、きゅうに力がわいてきたぞ。むしょうに、電車をぼうそうしたい気分だ。」

「ぼうそうはこわい。」

ジンがいいました。

「あははっ、少しスピードをあげるだけさ。早くのって！」

「わかったわ。安全運転をおねがいね。」

と返事をすると、エッちゃんとジンは顔を見合わせました。

「大せいこう!!」

無言《むごん》のサインです。

カメレオンは、むちゃくちゃにあまだれ電車をとばしました。エッちゃんは、

「きゃー、こわい！」

と、黄色い声をあげるとざせきにしがみつきました。ぶるぶるふるえながら、目をぎゅっととじました。ジンは平気な顔をして、

「なんて心地よいスピードだ。ながめもさいこう！」

と、まどの外をながめていました。あんまりさわぐと、カメレオンが調子《ちょうし》にのって、もっとスピードをあげると思ったのです。本当はしんぞうがとびでそうなほどこわいくせに、じっとがまんしていました。そのおかげか、あまだれ電車は、それ以上《いじょう》スピードをあげることなく、ユリの花をけいかいに走り続けました。

やがて、止まりました。そこは、一番空にちかい葉の上でした。

カメレオンは、二人《ふたり》にむかって、

「さあ、飛行場についた。ここから、空をとぶよ。おいら、とぶためのじゅんびをするから、ちょっとまってて。」

と、いいました。

カメレオンは、ユリの花の飛行場で電車をおりると、さっそくサギソウのはねをつけました。はねは、七りょうあるあまだれ電車のりょうわきにつけられます。ですから、合計十四まいもありました。いつかこんなことがあると予想《よそう》し、電車のすみにサギソウをつんでおいたのでした。

エレガントなシルバーホワイトのはねが、上下につばさを動かすと、あまだれ電車は、ユリの葉からはなれました。

「おーい、どこへ行くんじゃ。」

遠くで、リラックスのさけび声が聞こえました。

三人をのせたあまだれ電車は、スカイブルーの空をどこまでもつきぬけていきます。まどの外からは、ユリの花が遠くなっていくのが見えました。やがて、地球《ちきゅう》をとびだし、宇宙《うちゅう》をさまよい始めました。みどりの地球《ちきゅう》は、だんだん小さくなりもう見えません。

「とうちゃくは、いつ?」

エッちゃんが、カメレオンにたずねました。

「もうすぐさ。この電車は、あの星へ向かっている。」

カメレオンは、セピア色に光る星をゆびさしていいました。

「どうして、そこへ?」

「エッちゃんが、水を入れてくれたしゅん間、そこへ行くことがきまったようなんだ。おいらは、ただひたすら運転を続けてきた。」

「自分のことなのに、どうして、『ようなんだ』なんて、言葉をつかうの?」

「それは、何かの力がはたらいて、おいらにあの星へ行くように命じているからなんだ。エッちゃんには信じられないだろうけど、手が勝手に動きだす。そのしょうこに、おいらは何も考えてはいない。」

「あの液体《えきたい》が、カメレオンをこうふんさせ、運転をさせている。リラックスのいった通りだ。」

ジンは、エッちゃんの耳もとでささやきました。

やがて、セピア色の星につきました。ついたところは、『三つ目こぞうの星』でした。

7　三つ目こぞうの星

三つ目こぞうの星は、大都会でした。あちこちに、せい高のっぽのビルがたちならんでいます。

大むかしからあった、森や林の木々《きぎ》はすべて切りたおされ、四角いたてものが、まるでせいの高さをきそうかのように、たちならんでいました。

家の庭は、コンクリートでかためられ、草一本ありません。もちろん、公園や遊園地もありません。

「何だかぶきみね。ビルばっかり。」

エッちゃんがいうと、ジンがうなずいて、

「みどりの木や花や草が全くない。どうしてだろう?」

と、首をかしげました。

「こんなところには、住めないな。」

カメレオンがいいました。

首を真上にあげると、『宇宙開発《うちゅうかいはつ》カンパニー77』と書かれたビルが目の前にそびえていました。どうやら、七十七かいまであるようです。

その時です、ビルから、茶色のカバンをさげた人が本を目の前でひろげ、読みながら出てきました。本から目をはなし、顔をあげたしゅん間、エッちゃんはひめいをあげました。

「目、目、目が三つもある。」

三つ目の人は、エッちゃんの声におどろき、つまずきそうになりました。

「君かい? たった今、へんなことをさけんだのは? この星の住人じゃないな。」

ずりおちためがねをあげながら、たずねました。黒いふちのめがねには、やっぱりレンズが三つありました。

「ええ、あたし。たった今、ここについたばかり。気を悪くさせたらごめんなさい。三つ目の人に会うのは、初めてだったもので…。」

「ミーの星では、今や、三つ目があたり前なんだ。二つ目の人は、ここからおい出されてしまう。」

三つ目の男は、自分のことを『ミー』とよびました。

「どうして？　あたしたちの星、地球《ちきゅう》では、二つ目があたり前なの。ほら、ここにいるネコもカッパも目は二つでしょう。」

「ネコ？　カッパ？　いやないい方だな。ぼくには、ちゃんとした名前《なまえ》がある。しょうかいがおくれたけど、ぼくは、この魔女《まじょ》のあいぼうで、ジンていうんだ。くされえんで、ずっといっしょにいる。」

ジンはちょっぴりおこった顔で、とつぜん、じこしょうかいを始めました。すると、カメレオンも、

「おいらは、カッパだけど、名前《なまえ》はカメレオンていうんだ。よろしくね。えっと、仕事は電車の運転手といったところ。とくぎは、スピードをあげること。」

といって、クスクス笑《わら》いました。

「かんじんなことわすれてたわ。さっき、ジンから聞いたと思うけど、あたしはしゅぎょう中の魔女《まじょ》なの。名前《なまえ》はエツコ。あいしょうで、エッちゃんてよばれてる。」

「ああ、ミーの方こそ、しつれいをした。初めて会った方に、じこしょうかいもせず、話しこんでしまうなんて…。えっと、ちとややこしいと思うが、ミーには、『ブルー』と『イエロー』と『レッド』の名前《なまえ》がある。」

「どうして名前《なまえ》が三つもあるの。」

エッちゃんは、ふしぎそうにたずねました。

「あはは、それはな、三つの仕事をやっているからさ。」

「三つのしごとって？」

今度は、カメレオンがたずねました。

「一つは、『ブルー』という名で、このビルの社長をしている。もう一つは、『イエロー』という名で、スーパーエリート小学校の理科の教師《きょうし》をしている。最後の一つは、『レッド』という名で、人工衛星《じんこうえいせい》プロダクト工場の博士《はかせ》としてはたらいている。」

「三つも！　そんなにはたらいたら、ねむる時間がないわ。」

エッちゃんがさけびました。

「ミーの星では、これがあたりまえのこと。三つの名前《なまえ》を持ち、みんなもくもくとはたらいている。」

「みんなはたらきものなのね。地球《ちきゅう》の人間たちの三倍はたらいている。だけど、これじゃ、ちっとも遊べない。」

「遊び？　遊びって何のことだい？」

三つ目の男はめがねを下げると、ぎょろぎょろ目玉を最高にむきだして、エッちゃんを見つめました。

「えっ、遊びを知らないの？」

エッちゃんが、まるで信じられないといった顔でいいました。そして、

「遊びっていうのは、ええと…、遊びは遊びよ。」

と、わけのわからないことをいいました。そばで聞いていたジンは、これはたいへん！　とたすけぶねをだしました。

「遊びっていうのは、ひとことでいうと、やっていて楽しいことさ。地球《ちきゅう》の子どもたちは、たいてい朝からばんまで遊んでいる。仕事につかれた大人《おとな》たちは、気分てんかんに旅行にでかけた

り、おんせんにつかったり。最近は、パチンコや競馬《けいば》などのかけごとをしたり、ゴルフやジョギングをしたりする人もふえているようだ。」

「やっていて楽しいこと…。それは、仕事かな？　そうだ！　ミーたちは、仕事が遊びなんだよ。はたらいている時がじゅうじつしていて、一番楽しいさ。」

三つ目の男は、とつぜんさけびました。

「遊びが仕事だなんて、へんよ。仕事と遊びは、まったく別のものだもの。」

エッちゃんには、なっとくできません。

「ちっともへんじゃないさ。ミーたちは、はたらきながら楽しんでいる。もしも、先日、プロダクトチームで開発したばかりの飛行船《ひこうせん》にのって、宇宙《うちゅう》にうかぶ星々《ほしぼし》に行き来することができたら、そして、そこに住む生き物と友だちになれたらどうだろう？　ミーの心は、トローリトロトロ…。まるではちみつのようにとろけるだろう。もし、できの悪い生徒がもう勉強してスーパーサイエンス博士号《はかせごう》をとったなら、しんぞうはスピードをあげ、はれつしそうなほど速《はや》く動くだろう。もし、長い間、念願だった不治《ふじ》の病《やまい》をなおす新しいくすりができれば、心に、にじ色の花びらがまうであろう。このように、仕事には、しふくのよろこびがある。だから、イコール、遊びってわけさ。これで、少しはわかってくれたかな？」

「なんとなくね。」

エッちゃんは、ぼんやりと首をふりました。

「おいおい、たよりない返事だな。まあいいさ。すぐにりかいしろという方がむりな話かもしれない。とにかく、ミーたちは、三つの仕事をこなすために、一日を三つにわけ生活している。初めにもいったけど、すいみん時間はいっさいない。」

「遊びのないのは、何となくわかったけれど、ねむらないなんて…。ふとんの中で目をとじると、それはゆったりとした気持ちになるの。その日、一日にあったことをいろいろ思い出してみる。いいことも、悲しいことも、何もかも…。そのうち、ゆらゆらといしきが遠くなっていく。やがて、完全になくなって、今度は、ゆめのスクリーンにさまざまな画像《がぞう》があらわれてくるの。かっこいい王子さまがあらわれて結婚式《けっこんしき》をあげたり、森の動物たちとおどったり、テーブルより大きなホットケーキをやいたり、チョコレートマウンテンにのぼって山のてっぺんをかじったり、どんなぼうけんだってできちゃうの。どう、すてきでしょう? すいみんは、はてしないゆめをプレゼントしてくれる。」

エッちゃんはむちゅうで話しているうちに、目がトロンとしてきました。

「そうか、魔女《まじょ》さん、ゆめってすばらしいな。だが、この星はねむらない。二十四時間をむだなくつかうために、ねむっているひまなどないんだ。一日中、休みなくはたらいている。はたらいて、はたらいて、はたらきまくっている。」

三つ目の男は、最後の言葉に力をこめました。そして、すぐに続けました。

「一日を三つにわけると、ちょうど八時間になる。つまり、一つの仕事に八時間ずつあてている。」

ここまでいうと、ジンが、ひとみをエメラルド色に光らせて、

「地球《ちきゅう》の人間たちは、平均《へいきん》すると八時間ろうどうなんだ。というのは、たいていは、八時間もはたらくとつかれがたまる。のこりの時間は、じゅうでんさ。つかれをとるために遊んだりリラックスしたり、あとはもっぱらすいみんさ。君たちとくらべたら、三ぶんの一しかはたらいてないのに、『ああ、つかれた、休みがほしい!』と大さわぎしている。これは、一体どういうことだろう?」

といいました。

「この星では、つかれをとるために、他の仕事をするんだ。そうすると、つかわれてない別の脳《のう》が活発になり、つかれ知らずでいられる。だから、仕事をえらぶ時は、ちがったしゅるいのものを組み合わせるといい。同じものだと、いっこうにはかどらないばかりか、つかれもたまる。」

「そうだったの。それにしても、よく続くわね。あたしだったら、何かくすりでものまないかぎりおきてられないわ。」

「さすが、魔女《まじょ》さんはかんがいい。じつは、この星の人たちは、あるこなのジュースをのんでいるんだ。」

「それは何？」

「いくら魔女《まじょ》さんでも、かんたんには教えられないな。」

「ヒントくらいいいでしょう。」

エッちゃんは、知りたくてたまりません。

そこへ、四、五人の生徒たちがいきをきらしてやってきました。やっぱり、どの子も三つ目です。

「イエロー先生、おそいよ。何やってるの？　あたしたちまちくたびれちゃった。」

「いくらまってもこないから、じこにでもあったんじゃないかと心ぱいして、むかえにきたんだ。」

「今まで、こんなこと一度だってなかったもの。時間にうるさいイエロー先生がちこくするなんて、今日《きょう》は大あらしだ。」

「うふふっ、このごろは、雨がふってないから、ちょうどいいかもね。」

子どもたちは、笑《わら》っていいました。

「そうだった。ミーは、学校へ向かうところだったよ。うっかりして、わすれるところだった。とちゅうで、めずらしい人に会ったもので…。今、いくよ。」

とつぜん、女の子がさけびました。

「カッパさんの頭の中の水、わたしたちのジュースにそっくり。」

というなり、ぺろっとなめました。

「あっ、おんなじ。」

とさけぶと、他の子どもたちもきそってなめはじめました。

「あっほんとうだ。この星のジュースだ！」

「まさしく、これだ。しかし、ミーたちののんでいるジュースが、どうしてカメレオン君のおさらに…。」

「おいら、おさらの液体《えきたい》は、エッちゃんに入れてもらったんだ。水だとばっかり…。」

「だけど、おかしいな。このジュースは、まだ、地球《ちきゅう》にはでまわってないはずだけど…。」

三つ目の男は、つぶやきました。


さて、ここで問題です。

この星の人がのんでいるジュースとは、一体何でしょう。

この液体《えきたい》をのむと、ねむ気《け》がなくなります。こののみものとはいったい何でしょう。わかっているのは茶色の液体《えきたい》だということだけです。

『ねむらない湖《みずうみ》』からくんできた水に、あるざいりょうをまぜてつくります。そのざいりょうとは、次の三つ。

ある鳥のはねを七枚と、あるこんちゅうのはりを一本と、ある動物のひげを三本入れて、ぐつぐつにこみます。

ここで、答えがわかったという人？　あなたはとっても生き物が好きか、あるいは、かんのするどい人でしょう。ほとんどの人は、

「そんなのわからないわ。」

といって、首をかしげているにちがいありません。

それもそのはず、地球《ちきゅう》には、まだないのみものなのです。わからなくてあたり前。クイズの一問目としては、少しむずかしかったかもしれません。というわけで、ざいりょうが三つなので、ヒントも三つ出しましょう。

ヒント1　木の上でホーホーとなき、真夜中に活動する鳥です。目は、でんとうのように光っています。バックには、三日月がおにあいです。

ヒント2　とってもはたらきもののこんちゅうです。はりを持つこんちゅうとは…？　ほらっ、みなさんもよくごぞんじのあれです。さされると、ちくっとします。

ヒント3　赤い目をした動物です。いつもねぶそくのこの動物には、長い耳がふたつついています。ぴょんぴょんとびまわります。

さて、もうおわかりでしょう。もしかしたらうれしくなって、あたりをはね回っている人が

いるかもしれません。

せいかいは、『フクロウ』と『ハタラキバチ』と『ウサギ』でした。全問せいかいした人、おめでとう。

「とうぜんだよ。」

なんていばってる人、さっすが――!!


「ところでさ…。」

三つ目の男は、まだ、何かをいいたそうでした。

「このジュースをのまないと、この星の人たちは、おそらくみんなねむってしまうだろう。このジュースのおかげで、ねむらないでいられる。ねむらないからこそ、三つもの仕事をこなせる。もしも、うっかりねむってしまったら、たいへんなことになるんだ。」

三つ目の男は、ぶるぶるとふるえています。

「もし、ねむったら、どうなるの?」

エッちゃんが、おそるおそるたずねました。

すると、生徒たちが口々《くちぐち》にいいました。

「目が二つになってしまうんだ。次に目を開けた時には、目が一つなくなっているんだって。」

「二つ目だよ。そんなみっともない顔じゃ、どこにも出歩けないさ。」

「わたし、けっこんだってしたいもの。ぜったい二つ目なんかになりたくない。」

「二つ目の人は、だれからも相手にされなくなって、自分からこの星を出ていくわ。だって、話す人がいないでしょ。さびしさにたえられなくなるってわけ。」

子どもたちがいい終えると、三つ目の男がまちかまえていたように口を開きました。

「この星の人々《ひとびと》は、それを一番こわがっている。つまり、どういうことかっていうと、大昔《おおむかし》、ここにすむ人は、毎日、何もしないでくらしていた。そのころ、目は一つだったらしい。ところが、目をつかってはたらきだしてから、進化して二つになった。ところが、この星の人たちは『むだ』をきらったんだ。ねむらないではたらけば、この星はますますはってんするだろうと考え、はたらきだした。あのジュースがはつめいされたおかげで、二十四時間はたらくことも可能になった。そうなると、後には、ひきかえせない。『愛《あい》するこの星をもっともっとはってんさせよう！』を合言葉《あいことば》にもうぜんとはたらきだした。いつしか、ねむりのない星になった。いつの間にか、また進化をとげて、三つ目になった。ミーたちご先祖様《せんぞさま》の出現《しゅつげん》だ。目の数には、ふかい歴史がある。三つ目があたりまえになってから、二つ目は、きらわれるようになった。なぜなら、仕事をさぼったというしょうこなのだ。もし、少しでも、うたたねをしようものなら、目は二つになってしまうんだからね。みんなひっしだよ。」

言葉が終わった時、一人《ひとり》の生徒が、三つ目の男の手をひいていいました。

「イエロー先生、早く行こう。勉強しないと、目がとけてなくなっちゃう。」

　いっしゅんにして、さっきのざわめきはなくなりました。みんな、せいの高いビルの中に消えていきました。

8　アーリーのプレゼント

あまだれ電車は、夕焼けを背《せ》にしてとびました。サギソウのはねは、あかねいろにそまっています。

ユリの花の飛行場《ひこうじょう》につくと、カメレオンはつかれきった顔で、

「ひと休みしよう。」

というと、三人は電車からおりました。

飛行場《ひこうじょう》のど真《ま》ん中《なか》に電車をとめると、アリのけいさつかんが、

「ここは、交通のじゃまになる。はしにとめてくれ。」

とおこって、ふえをふきならしました。

「何も知らなかったもので…。しつれいしました。」

カメレオンは、あわてて電車をはしっこにとめました。

「運転、おつかれさま。いはん料金をとられなくてよかったよ。ぼくたち、何ももってない。」

ジンが、ひやあせをかきかきいいました。

「たぶんだけど、ばっきんは花のかふんじゃなかったかな？　いはんのしゅるいにより、花ふんの数がかわるそうだ。どこかで聞いたことがある。今日《きょう》はセーフであんしんしたよ。」

カメレオンは、今度から気をつけようと思いました。

「空の運転は、地上の何ばいもつかれるでしょう。ゆっくり休んでね。」

というやいなや、エッちゃんは、かるいいびきをかきねむってしまいました。

「もうじゅくすいしている。」

ジンは、あきれた顔でいいました。カメレオンのつかれもピークにたっし、もうがまんできません。

「おいらも、ねむろう。」

というと、よこになりました。でも、目がらんらんとしてねむれそうにありません。

「どうしたんだろう？　しんけいが高ぶって、ちっともねむれない。いつもだったら、すぐにいしきがなくなるのに…。」

カメレオンがつぶやきました。その声をゆめうつつで聞いたジンは、はっとしました。

「おさらに入れた液体《えきたい》のえいきょうだ。あの中には、ねむらないくすりが入っている。」

ジンは、あわててエッちゃんをたたきおこすと、耳もとでさけびました。

「すぐ、カメレオンのおさらに、しんせんな水を入れてやって!」

「うるさいわね。せっかくいい気持ちでねむっているのに…。」

エッちゃんは、いらいらしていいました。

「あんた、自分ばっかりねむってさ、カメレオンのことをわすれてる。おさらの液体《えきたい》のせいでねむれない。」

ジンの言葉がようやくりかいできたらしく、

「そうだったわ。」

というと、飛行場《ひこうじょう》のすみにおいてあったおけから、ひしゃくに水をくんでもどってきました。

「カメレオン、おまたせ。さあ、おさらをからにして!」

カメレオンは頭をさげると、ゆかに、茶色の水がこぼれおちました。まんぱいの液体《えきたい》は、半分ほどにへっていました。

「まさか、くさった? とうめいな水が茶色にかわっている。しんせんな水をたのむ。」

といいながら、からのおさらをエッちゃんにさしだしました。始めから、茶色の液体を入れたことを知らないのです。

　エッちゃんが水を入れたとたん、カメレオンは、すやすやとねいきをたててねむってしまいました。よっぽどつかれていたのでしょう。

　エッちゃんはカメレオンのね顔を見ると、ほっとしました。

「三つ目こぞうの星は、ねむりを知らないのね。何だか、かわいそう。」

「ああ、いくらなんでもはたらきすぎだ。きんちょうの連続で、しんけいを休める時がない。ぴんとはった糸は、いつか、パチンときれる。かなしいことに、きれるまで気づかない。きんちょうは、時にはひつようだけれど、毎日ではつかれてしまう。」

　ジンは、ひたいにしわをよせていいました。

「きんちょうの糸がきれた時、生きる希望《きぼう》もなくなってしまうんじゃないかしら…？　目の前がまっくらになって、何もする気がなくなって…、そう、たましいのぬけたゆうれいのようにあちこちをさまよう。ああ、そんなことになりませんように！」

　エッちゃんは、りょう手を合わせました。

「ああ、そうだな。もし、目玉が四つになったら、次は五つをめざすのかなあ？　目標《もくひょう》がたっせいされると、よろこぶひまもなく、次の目標《もくひょう》がたてられている。いつまでたっても、ゴールはない。これじゃ、つかれてしまう。目標《もくひょう》をたてるのはいいけれど、たてすぎもいけない。ほどほどが一番ということだろう。もしかしたら、ねむりは、生きるために大切《たいせつ》な仕事かもしれないな。」

　ジンは、カメレオンのね顔を見ていいました。

「そうかもね。あのさ、ジン、たった今、あれを見て、とつぜんひらめいたんだけど、話していい？」

「いいにきまってる。もしかりに、いやだといっても、あんたは次のしゅん間、しゃべってるさ。ところで、あれって何だい？」

ジンは、エッちゃんの顔を見つめました。

「目の前にある、しんごうのことよ。」

「しんごう？　しんごうがどうかしたかい？」

ジンは遠くに光るしんごうをゆびさすと、きょうみしんしんの顔でいいました。

「しんごうには、三つの目玉があるでしょ。あれを見ていたら、何かににてる。考えていたら、そう、三つ目こぞうの星の人々《ひとびと》じゃない。しんごうの青と黄色と赤の三つ目は、むごんのメッセージを送ってるって感じたの。青は通行できます。つまり、言葉をかえていうとはたらいていいですよ。黄色はきけん。つまり、少しつかれていますから、むりはしないでください。赤は通行できません。つまり、つかれていますから休みましょう。しんごうって、まるで生き方の先生みたい。いろんなところに先生はいるものだわ。」

エッちゃんは、感心していいました。

「あんた、おもしろいこと考えたね。ぼくもまったく同感だよ。うーん、ぼくたち帰ってきちゃったけど、無責任《むせきにん》だったかもしれない。あの星の人々《ひとびと》に、はたらきすぎのことを教えてあげた方がよかったんじゃないかなあ。」

ジンが首をひねった時、エッちゃんが、とつぜん指をならして、

「そうだ！　あたし、手紙を書くわ。『少しだけ気楽に生きてみませんか』って。」

といいました。

　そのしゅん間、カメレオンの顔に笑《え》みがこぼれました。

「さっちゃん、おいで。」

というと、手まねきをしました。さっちゃんというのは、だれなのでしょう。

さて、飛行場《ひこうじょう》でひと休みした三人組は、どうなったでしょう？

どうもしやしません。そのまま、ねむり続け、気がついた時は朝でした。

「おはよう。三人とも、よっぽどつかれていたとみえる。じゅくすいしておった。」

アリのけいさつかんが、声をかけました。

「すいません。ふとんまでかけてもらって。」

エッちゃんは、まっ黒けの羽毛ぶとんをたたみながら頭をさげました。カラスのはねでしょうか？

「おこすのが、かわいそうだったからな。しかし、君たちみたいなのは、はじめてだよ。わしはここに長いが、飛行場《ひこうじょう》の真《ま》ん中《なか》をベッドにした者はおらん。それにしても、飛行機《ひこうき》が着陸しなくてよかったよ。」

アリのけいさつかんがいうと、三人は青くなりました。

その時、エッちゃんのおなかがググーっとなりました。つられるように、ジンとカメレオンのおなかもグッピーヒョロラーン、ガッチョーンとなりました。アリのけいさつかんは笑《わら》いをこらえながら、

「君たち、よかったらうちへ来ないか？　ごちそうはないが、いっしょに食事しよう。わしの家は、ここからすぐのところさ。ほら、あの赤いレンガの家だ。ここからも、見えるだろう？　食事は、たくさんで食べた方がおいしい。」

といいました。

「わーい、ほんとう？」

「うれしいな。うれしいな。うれしいなったら朝ごはん。」

エッちゃんとカメレオンは、とつぜんのしょうたいにはしゃぎました。

「そこまで、あまえてしまっていいのでしょうか?」

ジンは、心ぱいになってたずねました。

「あまえるも何も、ごちそうを作るわけじゃあるまいし…。反対に、きてもらうわしの方がうれしいよ。」

三人は、大よろこびです。みどり色のパトカーにのって、家に向かいました。運転手は、もちろん、アリのけいさつかんです。

「わしは、この飛行場《ひこうじょう》につとめて、十年になる。お客さんは、年々《ねんねん》へってきた。ふけいきなんだろうな。空をとび遠くまで遊びにでかけようとする者は、めったにおらん。その前は、スズランの飛行場《ひこうじょう》につとめていたが、あのころの方がお客さんは多かったよ。えーっと、わしの名前は『アーリー』。はずかしいけど、今年、けっこんしたばかり。家にはかわいいおくさんがいる。」

というと、アーリーは顔を赤くそめました。

「うわーっ、しんこんさんなんだ。うらやましいな。」

エッちゃんがこうふんして、黄色い声をあげました。

家につくまでの間、パトカーの中は明るい笑《わら》い声がとびかいました。エッちゃんとジンとカメレオンも、じこしょうかいをしました。それにしても、名前《なまえ》も知らないうちから、朝ごはんの心ぱいまでしてくれるなんて、なんて人のいいけいさつかんでしょう。

家につくと、まっ白いエプロンをつけたおくさんが目をまんまるにして、

「あらまあ、うれしい! さあ、あがってくださいな。あなた方は、はじめてのお客さま。ちょうどよかったわ。」

というと、あしばやに台所へきえました。エッちゃんが、

「ほんとうにかわいいおくさんね。」

というと、アーリーは体中をまっかにしました。

「今、焼きあがったところなの。さあ、あついうちに、どうぞ！」

というと、アリのおくさんは、おさらからはみでるくらい大きなホットケーキをテーブルにのせました。食べやすいように切り目がついていました。

「このはちみつは、できたてのほやほやをみつばちさんからいただいたの。おすきなだけかけてくださいね。」

アリのおくさんが、ビンにはいったはちみつをおくと、あたりは金色に光りました。

　ホットケーキの上にお日さま色に光るはちみつをかけると、トロリトロローンととろけました。カメレオンは、ごっくんとつばをのみこむと、あっという間に一枚たいらげました。エッちゃんも、たまらなくなってぱくぱく食べました。でも、ジンだけは、じっとがまんしてすぐには食べません。そう。ねこじただったのです。

「ごちそうさま。」

の声がひびきわたると、おさらはからっぽになりました。

「うれしいわ。わたし、からのおさらを見るとしあわせな気持ちになるの。」

アリのおくさんは、こうふんしていいました。

　家の外では、近所にすむアリたちがまどからのぞいていました。おそらく百ぴきはいたでしょう。

「この町に、久しぶりにお客さんがきたよ。」といううわさを聞きつけて、一同にあつまってきたのです。うわさをながしたのは、もちろん、おしゃべりスズメでした。

でも、アーリーたちは、家の外で、そんなさわぎがおこっているなんて、とんと知りませんでした。アリたちの足音は、とてもしずかだったのです。

「ところで、君たちは、これから、どうするつもりだい？」

アリのけいさつかんが、しんけんな顔でたずねました。

エッちゃんは、あいぼうのジンとともに、カメレオンのあまだれ電車でたびをしていることを話しました。

「魔女《まじょ》さん、たびのきっかけは何？」

「あたしが、人間界にしゅぎょうにでてきて十年のおいわいなの。ユリのせいがプレゼントしてくれた。」

エッちゃんのひとみがかがやきました。

「なんて、ゆめのあるお話かしら…。」

アリのおくさんが、うっとりしていいました。

「だけど、ホテルがないんじゃこまるな。きのうみたいに、飛行場《ひこうじょう》のど真《ま》ん中《なか》でねるというのもきけんだし…。」

アーリーがひたいにしわをよせると、アリのおくさんが、さけびました。

「あなた、あれをつかってもらったらどうかしら…？」

「あれって？」

「くうこうホテルのフリーキップよ。あれなら、どこの飛行場《ひこうじょう》でもつかえるはずだわ。あたししたち、しんこん旅行に行けなかったから、つかってない。」

「ごめんよ。仕事が休めなくて…。」

アーリーが、とつぜん、あやまりました。

「いいのよ。わたし、あなたがいれば、旅行なんてしなくたって平気。」

アリのおくさんは、ほほをピンクにそめました。

「なかがいいのね。」

「それほどでもないよ。」

アーリーは、頭をかいていいました。次のしゅん間、立ち上がると、おくの部屋《へや》に行ってまたすぐに出てきました。

「魔女《まじょ》さんのおいわいに、これをプレゼントするよ。気にしないでくれ。もってたって、わしらにはつかうあてがないんだ。たからのもちぐされというもの。お守りじゃあるまいし…。つかってもらった方が、キップだってよろこぶだろう。」

といって、サクラの花びらでできたふうとうをさしだしました。中を開けると、出てきたのはなんとダイヤモンドでした。

「ぴかぴか光ってるわ。」

エッちゃんがさけびました。あたりはキラキラとかがやき、目を開けていられません。目をほそめてよく見ると、小さな文字で『宇宙《うちゅう》のホテル・フリーキップ』と書いてありました。

「ありがとう。これがあればどこでもとまれる。大切《たいせつ》につかわせていただきます。」

エッちゃんが、頭をゆかにつきそうなほど下げていいました。

「ホットケーキ、ごちそうさま。おいら、あんなにおいしいのは初めて食べたよ。」

カメレオンが、ほっぺたにりょうてをあてていいました。

「いつまでも、おしあわせに。」

ジンがいいました。

ドアをあけると、家の前には、たくさんのアリがいました。はくしゅをしながら、口々《くちぐち》にいいました。

「魔女《まじょ》さん、行ってらっしゃい。」

「よいたびを!」

「しゅぎょう十年、おめでとう。」

さて、フリーキップの正体《しょうたい》は、何だったのでしょう。ダイヤモンドのかがやきをはっするものとは…?

じつは、『米つぶ』だったのです。アリたちは、人間たちのおとした米つぶをひろって、たからものにしていました。くさらないので、一番価値のあるものとして、大切《たいせつ》にあつかわれていたのです。

9　ろくろっ首の星

「さあ、でかけよう。とくせいのホットケーキを食べたら、元気もりもり。」

というと、ジンは飛行場《ひこうじょう》のかいだんの一番上にかけのぼり、おとくいの三回転をしてみせました。

「おみごと!」

カメレオンは、目をグルングルン回し、はくしゅ

をしました。

「おいらもやってみようかな？」

「大じょうぶ？」

という、エッちゃんの声も聞こえなかったらしく、カメレオンはかいだんをかけあがりました。

「よーし、」

いせいのいいかけ声をかけ、頭をかたむけた時、おさらの水はザブンとこぼれました。

「だめだ。エネルギーぎれだ。おいら、水がなかったらうごけないんだ。」

というと、あきらめておりてしまいました。

「大せいこう！　さあ、他の液体《えきたい》を入れるチャンスだ。」

ジンが、エッちゃんの耳元でささやきました。

「あきれた。あんた、さっきのは演技《えんぎ》だったの？」

「そうだよ。ぼくは、いつも先のことを考えて行動している。あんたとはちがう。」

「何よ、あたしだって、ちゃんと考えてるわ。」

「エッちゃん、ジン君、おとりこみ中わるいんだけど、おさらに水を入れてくれないかなあ。」

「おっとっと、ごめんなさい。今、すぐに入れるわ。」

というと、エッちゃんは、飛行場《ひこうじょう》のすみに走り出し、ポケットから四角いはこをとりだしました。

「どれにしよう。」

どのボタンをおそうかまよっていると、ボタンの上にシールがはってあるではありませんか。

よく見ると、はこの右下に『注意！　シールをとってお使いください。』と書いてあります。ボタンは、全部で七つありました。

「ぜんぜん気がつかなかったわ。」

エッちゃんは、ボタンのシールに手をやりました。

　まず、一枚目をはがすと、オオカミ男がでてきました。

「きゃーこわい！」

エッちゃんは、ぶるぶるとふるえました。でも、カメレオンが今か今かとまっています。

「しっかりしなくちゃ。そうだ、目をつぶってはがそう。」

エッちゃんは、手さぐりで他の六枚をはがしました。そして、かくごをきめると、

「一、二、三！」

で目を開けました。

　いっしゅんいきをとめ、シールをとったボタンをくいいるように見つめました。ここで、大さわぎはできません。カメレオンが、気づいてやってくるでしょう。そうなったら、この旅はおしまい。そう思うと、勇気がわきあがってきました。

　エッちゃんの目の前には、七人のおばけがならんでいました。のっぺらぼう、ろくろっ首、三つ目こぞう、人魚、オオカミ男、やまんば、雪女の順に、夏のおばけがせいぞろいしていました。

「なんだ、おばけだったんだ。よくも、こんなにそろったものだわ。」

ほんとうはこわいくせに、平気な顔をしていいました。これは、どきどきをおさえるためのしばいでした。エッちゃんは、自分に暗示《あんじ》をかけようと思ったのです。

　そこへ、ジンがやってきました。ハーハーと、いきをはずませています。

「あんた、おそいよ。」

「そんなことより、ジン、ジン、これを見て！」

エッちゃんは、ジンに四角いはこをさしだしました。

「ヒェー、おおおお、おばけだー。あれれっ、こ、こ、ここに、きのう出会った三つ目こぞうがいるじゃないか。」

ジンはこわいのと、おどろいたのと入りまじった様子《ようす》で、どもりどもりいいました。

「ほんとうだわ。そうか、おこのみのボタンをおすと、このおばけたちに会えるってわけね。」

エッちゃんは感心していいました。

「カメレオンがまってる。おそくなるといのちにかかわる。」

ジンは、きびしいひょうじょうでいいました。

「ええ、わかった。」

というと、エッちゃんは、すばやく、『ろくろっ首』のボタンをおしました。

「なぜ、そこをおしたのか？」

ってたずねられても、きっと、エッちゃんにはこたえられません。手がかってにうごいたのです。

すぐに、わたあめ色の液体《えきたい》が、ぶくぶくとふきだしてきました。と同時にせんようのコップが自動的にセットされました。

コップは、すぐにみたされました。

「いそごう。」

二人《ふたり》は、全力で走りました。

カメレオンは、だんだんと意識《いしき》がなくなり、たおれるすんぜんでした。おさらの水が完全になくなり、四分がすぎていました。三分はがまんの限界《げんかい》。四分は意識《いしき》がもうろうとし、五分は生と死の間をさまよいます。もはや、立っていることなど不可能。その後の、十秒がカギをにぎっています。水が入れば、命はたすかります。

とうとう、カメレオンは、頭をかかえしゃがみこんでしまいました。ぐったりして、両目はとじています。

「カメレオン、今すぐ、水を入れるわね。」

エッちゃんは、おさらにわたあめ色の液体《えきたい》をいきおいよく入れると、力のかぎりさけびました。

「カメレオン、しなないで！　おねがいだから、目を開けて！」

その声は、ユリの花ぜんたいにひびきわたりました。リラックスは、

「いやな予感がする。あれは、エッちゃんの声じゃリリィ。だが、わしは魔女《まじょ》さんを信じている。」

というと、空にむかって手を合わせました。

その時、リンリンリンとすずの音がして、あまだれ電車が空をとんでいくのが見えました。

「大じょうぶだったようじゃな。行ってらっしゃいリリィ。気をつけてな。」

リラックスは、青い空を見あげてほほえみました。そのほほえみは、宇宙《うちゅう》をつつみこむようなやさしさに満ちていました。

わたあめ色の液体《えきたい》がそそがれると、カメレオンは、すぐにかいふくし、宇宙《うちゅう》にとびたって行ったのです。

やがて、シルバー色の星につきました。ついたところは、なんと、『ろくろっ首の星』でした。

あたり一面、まっ白けっけ。こな雪がふって、白ぎんの世界なのかって？　ちがいます。それじゃ、白い鳥たちが、年に一度のパーティを開いているのかって？　ぜんぜんちがう、大はずれ。今度こそ、わかった！　大きいデコレーションケーキが空をとんできて、町をおそった？　そうじゃなかったら、とつぜんへんいで、白いヒマワリがさきほこったか？　ごめんなさい。期待をうらぎって悪いけど、てんでお話になりません。どれも、はずれの大はずれ。

それじゃ一体、なぜ白いのでしょう？　この本を手にしているあなたにだけ、そっとお教えしましょう。

この町が白いのは、たちならぶ家々《いえいえ》の屋根が白いからでした。まども、かべも、げんかんも、みんなミルク色をしていました。ふしぎなことに、形も大きさもみんな同じです。しかも、おどろいたことに、道路は、どこまでもまっすぐに続いていました。家は、そのわきにきちょうめんにならんでいます。どんな感じかっていうと、みなさんがつかっている、原こう用紙ににています。たてと横の線が道路で、マス目の中に、家がたてられているようでした。

「同じ家ばかり。どうしてなのかしら？」

エッちゃんがつぶやきました。

「あそこに大きなたてものがある。行ってみよう。」

ジンは、そういうなりかけだしていきました。

「かけっこなら負けないぞ！」

というと、カメレオンがジンのあとをおいました。

ネコとカッパの百メートル走は、だれが考えたってネコのかちでしょう。水の中なら、軍配《ぐんばい》はカッパかもしれませんが、ここは地上なのです。ところが、どっこい、かったのはカッパでした。ゴールすんぜんに、カメレオンの首がにょっきりとのびたのです。

「おいらのかちだ。」

カメレオンが、うれしそうにいいました。

「きょうそうなんてしてないよ。ところで、見まちがいかもしれないけれど、君の首がのびたような気がする。」

「そんなことあるはずないさ。」

カメレオンが笑《わら》っていいました。

そこへ、エッちゃんがやってきました。ハーハーとかたでいきをしています。

「おそいじゃないか。どこをさんぽしていたんだい？　ぼくたちは、まちくたびれたよ。」

ジンが、じょうだんをいいました。

「二人《ふたり》とも、ひどい。あたしをおいていくなんて…。」

エッちゃんは口をとんがらかしていうと、顔をあげました。

そのしゅん間、目の前に見たこともない光けいがうかびあがりました。エッちゃんは、せながぞくっとしてひめいをあげました。

「カカカカカ、カメレオン、あなたのくくくく首が首が…。」

あまりのおどろきで言葉がつまって、うまくしゃべれません。

「首がどうしたの？」

カメレオンがたずねました。

「首がと———ってもながいのよ。」

エッちゃんが、ようやくこうふんをおさえていいました。

「やっぱり、そうだろう？　ぼくの見まちがいなんかじゃなかったんだ。ああ、よかった。」

ジンは、ちょっぴり安心したようにいいました。

「そんなこと起こるはずがない。だって、おいらの首は、おいらのものなんだ。つまり、おいらの許可《きょか》なしで、のびたりちぢんだりするはずがない。ゴムやガムじゃあるまいし…。君たちは、人のことだと思って勝手《かって》なことを言いすぎる。あははっ、かるいじょうだんだろう？」

カメレオンは、まるで信じません。

「じょうだんなんかじゃない。ほんとうよ。さわってみればわかる。」

エッちゃんは、大まじめな顔でいいました。

カメレオンは自分の首にさわると、

「もしかしたら、君たちの言うとおりかもしれない。」

といいました。少しだけ、せいも高くなった気がします。

　その時、大きなたてものから、子どもたちがぞろぞろと出てきました。そう、ここは、学校だったのです。

「とうとうぼくの目は、いかれてしまったのか？　子どもたちの首が、いじょうに長く見える。」

ジンは、目をあけたりとじたりを何どもくりかえしました。

「あたしにも、そう見える。」

エッちゃんは、ぽかんと口をあけたまま立ちつくしました。

　二人《ふたり》のいうように、子どもたちの首は、いように長くのびていました。カメレオンどころじゃありません。ヘビのようにニョロニョロしています。長さはどれくらいかっていうと、おそらくせたけの十倍ほどはあったでしょう。はたから見ると、糸のついたふうせんが、どう体にくっついて、ひょろひょろういているように見えました。あっちにフワフワ、こっちにフワフワ。おしゃべりしているおたがいの首が、まきつかないか心ぱいになるほどでした。

やがて、チャイムがなると、子どもたちは教室に向かいました。足はかいだんの下でも、首はかいだんの上までいっていました。そのせいか、つまずく子が多くいました。なぜって、顔があんまり早くいってしまうので、足もとが見えないのです。よく見ると、子どもたちの足は、すりきずだらけでした。

「なんだかおもしろそう。行ってみない？」

エッちゃんがさそいました。

「ああ、そうしよう。」

ジンがいいました。

「おおいに、さんせいだね。」

カメレオンもいいました。

エッちゃんとカメレオンが、まさに、かいだんをかけあがろうとしたしゅん間、ジンが小さな声でいいました。

「ぬきあし、さしあし、しのびあし！」

「オッケー。マジョノコ、コケコッコー！」

「お茶の子サイサイ！　カッパのへ！」

三人は、だんだんゆかいになってきました。

足音をたてずにそっと教室に入ると、五十人ほどの子どもたちが、せきについて算数のテストをしていました。長い首が、あっちにフラフラ、こっちにフラフラさまよっていました。

「カンニングはやめなさい。テストは、自分の力をためすもの。人のをうつしていい点数をとったところで、何の意味もない。えんぴつのしんがむだになるだけよ。」

かみをおだんごにゆった先生が、ひたいにしわをよせ、大きな声をはりあげていました。

でも、首は長くありません。

「おだんご先生、だって、このもんだいわからないんだもん。」

きみちゃんがいいました。

「見るなっていっても、むりよ。だって、首が勝手《かって》にうごいちゃうの。」

みっちゃんがいいました。

「自分で考えるなんて、めんどうなことだれがやるものか。だって、見た方が早いじゃないか。」

けんちゃんがいいました。

「いちいち計算なんてやってられないよ。首をのばせばいっぱつだもん。やっぱり楽が一番さ。」

のぶちゃんがいいました。

「あのね、きみちゃん、わからないから学校にきて勉強するの。わかったら、学校にくる必要ないでしょ。だから、わからなくてもいい。わかるところまでやってごらん。」

「みっちゃん、首をうごかしているのは、自分の意志《いし》。『自分の力でといてみせる。ぜったい見ない。』って強く念《ねん》じれば、首は勝手《かって》にうごかないはずよ。」

「けんちゃん、自分の頭で考えることはとっても大切《たいせつ》なの。考えなくなったら、ロボットとおんなじ。だから、めんどうがらないで考えようね。」

「のぶちゃん、『楽』ってさ、努力しなくていいから、かんたんに手に入る。たしかに、つらくなくて、一番かもしれない。だけど、ほんとうにそうかな？　わたしは、そうは思わない。努力してできるようになると、心のそこからよろこびがあふれるわ。つらさの分だけ、よろこびもふくれあがるの。だから、楽な道ばかり歩かないで、たまには、いばらの道も歩いてほしいな。」

おだんご先生は声をからして、カンニングを何度も注意しました。そして、一人《ひとり》ひとりの子どもに、考えることの大切《たいせつ》さをていねいにといてまわりました。

でも、いっこうにカンニングはとまりません。ヘビのような首は、教室のはしからはしまでのびるのです。一時間中、友だちのテストを見ては答えをうつし、見てはうつしをくりかえしていました。

やがて、首はうごくのをやめました。

「そうよ。それでいいの。やっと、わかったのね。」

おだんご先生は、ずりおちたさんかくのめがねをあげながら、まんぞくそうな顔でいいました。

そのしゅん間、しゅうりょうのチャイムがなりました。

「カンニングテスト、しゅうりょう。」

先生の声が、かなしくひびきわたりました。

テストを集めると、先生はかたをおとして、教室を出ました。

「どうしたの？　元気がないみたい。」

エッちゃんが声をかけると、おだんご先生は、おどろいた顔でいいました。

「わたしは、一年前、この星に先生としてはけんされました。しかし、子どもたちは、勉強する気がありません。いくら教えてもちっともおぼえません。やる気がないのです。」

「どの子も？」

「ええ、一人《ひとり》のこらず、みんな。」

「どうしてかしら？」

エッちゃんがたずねました。

「人の答えを見ればいいと思っているので、努力することをしません。今日《きょう》のテストだって、問題を読んで考えて答えを出した子など、だれ一人《ひとり》いません。一番さいしょに、あてずっぽうで答えを書いただれかの答えが正しいものとして、全員にいきわたります。たぶん、答えはみないっしょでしょう。見なくたってわかります。この子たちとは、もう一年もいっしょにいるのですから…。テストは、思考《しこう》が終わった時ではなく、うつし終わった時がしゅうりょうなのです。こんなの、テストっていえます？」

おだんご先生はしおれたひょうじょうで、エッちゃんの顔をのぞきこみました。

「ええ、おっしゃるとおり、テストの意味など、全くないわね。答えまるうつしのさい点なんか、いやでしょうね。」

エッちゃんが大きくうなずくと、おだんご先生の顔から、だんだんきんちょうの色がきえていきました。

「ええ、ばかばかしくてやっていられない。本当は、びりびりにやぶいて空になげたい気分よ。だけど、先生として、テストはやぶけない。きちんと、さい点する義務《ぎむ》がある。かなしいものね。でもね、さい点なんて、かんたんなものよ。一人《ひとり》さいてんするだけでいいの。三分とかからないわ。これで、のこりの子ども全員の点数がわかる。どうしてだと思う？」

「テレパシーかしら。だけど、この世にそんな力は、めったに存在しないし…。だとすると…。」

エッちゃんは、うでをくみ考えこんでしまいました。

「わかった！　全員の答えが同じってことは、点数も同じってこと。だから、一人《ひとり》つければ、わかるんだ。」

ジンのひとみが、とつぜんエメラルドに光りました。

「その通り。なんて頭のいいねこなんでしょう。この星の子どもたちも、こんな風にひとみをかがやかせたらいいのに…。」

おだんご先生は、かなしそうな顔をしてつぶやきました。

「それほどでも…。」

ジンは、ちょっぴりてれてほおを赤くそめました。おだんご先生は続けました。

「子どもたちは、勉強なんてむだとさえ思っているわ。だから、いくら教えたって頭に入らない。どの子も、まるで、死んだ魚のようにどんよりとしたひとみをしている。わたしは、明日にでも、この星を出ようかとまよっていたところよ。やる気のない子どもたちに、これ以上何を教えたってむだ。それに、わたし自身、ノイローゼになってしまいそうでこわいの。以前、ここにつとめていらした先生も、その前の先生も、そのまた前の先生も一年間しかここにおられなかった。どうしてかってふしぎに思っていたけど、ここにきて全てがわかった。わたしもげんかい。」

「げんかい？」

エッちゃんは、オウム返しにたずねました。

「ええ、わたしには、この星の子どもたちを教育する力はないってこと。これ以上、ここにいたって、わたしは何の役にもたたない。いえ、もしかしたら、いっこくも早くここを立ち去るべきなのかもしれないわ。」

おだんご先生は、さびしそうにいいました。

「おだんご先生、自分をせめてはいけないわ。だって、この一年間、子どもたちのことを思ってさいぜんをつくしてこられたんだもの。世の中には、仕方《しかた》ないことだってあるのよ。だけど、ふしぎ。ここの学校の先生を、どうして他の星からまねくのかしら？　言葉だってちがうでしょう？」

エッちゃんは、おだんご先生と話しているうちに、そのことが気になってきました。

「そうでしょう。わたしも、始めは同じことを思った。でもね、そうできないわけがあったの。一言《ひとこと》でいうと、この星には、先生になる人がいないってこと。じつは、この星の大人《おとな》たちも、人まねばかり。自分で考えようとしないの。毎日生活する家だって何から何まで同じ。屋根の色に始まって、げんかんのつくり、リビングにおくテーブルやいすのしゅるい、そうそう、かべにかける絵にいたるまで全く同じ。それから、その日、きていくドレスやスーツ、時計やバッグの小物まで同じ。えっと、それから、はぶらしに、せっけんに、下じきに、ノートに、フライパンにおなべにまだまだある。おどろくのは、朝ごはんや夕ごはんのメニュー、味つけ、食べる時間まで、同じ。この星では、自分のこのみなど全《まった》くかんけいないの。」

「信じられないわ。」

エッちゃんは、とりはだがたちました。

「そうでしょう？」

「どうして？　せっかく生まれてきたのに、みんなと同じなんてつまらない。個性のない生き方なんて、もったいないよ。」

エッちゃんは、だんだんいかりがこみあげてきました。

「ところで、話がそれちゃったけど、どうして他の星から先生をまねくのかってことだったわよね。さっきもいったけど、この星の大人《おとな》たちも人まねばかり。子どものころから人まねばかりして生きてきたので、今さら、考えられない。つまり、考えるというけいけんがないので、年を重ねても自分の力では何もできない。だから、生きていくためには、まねをするしか方法はないというわけ。こんな大人《おとな》に、子どもの教育はできないでしょう。」

「そっか、そんなわけがあったんだ。もし、この星の大人《おとな》が先生だったら、こういうでしょうね。『テストは、カンニングをすること。自分の力でといたものは、0点にします。』ってね。」

エッちゃんは、さっきのいかりがきえて、だんだんゆかいになってきました。

「ふふふっ、そうかもね。自分の考えがないから、このみなんてありゃしない。大げさかもしれないけれど、自分らしく生きていくよろこびを知らないの。これでは、この星の成長はないわ。それを心ぱいしたとなりの星のはかせが、名前《なまえ》を『お人よしはかせ』っていうんだけど、『この星の人たちに、自分の力で考えることを教育してきなさい。』といって、わたしたちをはけんしたの。」

「これでわかったよ。この星の家がみな同じだったわけが…。」

ジンが、しずかにうなずきました。

「わたしったら、すっかり話しこんでしまったわ。久しぶりに、話のわかってくれる人と会ったので、ついうれしくなっちゃって…。わたしの名前《なまえ》は、『サミ』っていうの。」

おだんご先生は、にこにこしていいました。

「えっ、『おだんご』じゃないの？」

「うふふっ、子どもたちは、『おだんご先生』なんてよんでるけど、それはあいしょう。となりの星に、『アミ』っていう名前《なまえ》のふたごの妹がいる。ところで、あなたがたはどちらから？　首が長くないから、まさか、ここの星じゃないわよね。」

「ええ、ついさっき、ここについたばかり。地球《ちきゅう》からやってきたの。あたしの名前《なまえ》は『エツコ』。あなたと同じ先生をやってる。だから、何となく気になって…。このねこは、あたしのあいぼうで名前《なまえ》は『ジン』、あちらのカッパは、電車の運転手で、名前《なまえ》は『カメレオン』っていうの。」

「ところで、カメレオンさんの生まれは、この星？」

「おいらがこの星のうまれ？　それはまた、どうして？」

カメレオンは、びっくりぎょうてんです。

「少しばかり首が長く見えたもので…。もしちがったらごめん。」

おだんご先生は、ペロッとしたを出しました。

「長いと、ここの生まれなの？」

「ええ、この星の人たちは、人のまねをしているうちに首がのびたらしいの。いつだったか、お人よしはかせが教えてくれたんだけど、むかしは、地球人《ちきゅうじん》の長さだったんだって。ところが、他人《たにん》の家をのぞくために、首をできるだけ遠くへのばす。それをいくどとなくくりかえすうちに、首は少しずつのびていった。年月がたつうち、今のようになったというわけ。そして、いつのころからか、『首は長いほどかしこく、うつくしく、地位《ちい》も高い』ともてはやされるようになった。そうなれば、みな必死《ひっし》よ。首をのばそうと、ますます他人《たにん》の家をのぞいたり、テストを見たりするようになった。それが、この星の『まねっこきょうそう』のルーツよ。」

　チャイムがなり、まちにまった給食です。

ワゴンに給食《きゅうしょく》がのせられてきました。でも、小さなカップとポットがひとつだけです。

　給食当番《きゅうしょくとうばん》の子どもがカップをくばり終えると、ポットを持って、ついで回りました。

「白い液体《えきたい》だ。ぎゅうにゅうかしら？」

エッちゃんが首をかしげました。

「もっと、ドロンとしている。ヨーグルトかも…。」

ジンも、首をかしげました。

「ぼくものんでみたいな。」

カメレオンがそういった時です。

一人《ひとり》の男の子が、カメレオンの頭の水をごっくんとひといきでのみほしました。カメレオンのおさらを、カップとかんちがいして、のんでしまったのです。そして、

「ああ、うまかった。今日《きょう》は二はい。とくしちゃったよ。」

とうれしそうにいいました。

「ずるいよ。ひとりじめしちゃうなんて。あまっていたのなら、じゃんけんできめればよかったのに…。」

アンパンほっぺの女の子が、なきそうな顔でいいました。

「しかたないだろう。さっき、木のぼりして、おなかがすいちゃったんだ。」

男の子は、おこったようにいいました。

「明日《あした》の給食《きゅうしょく》、へらすよ。」

給食当番《きゅうしょくとうばん》の子が、つめたくいいました。

「勝手《かって》にすればいい！　だけど、これは、ぼくが見つけたんだ。」

というと、男の子はカップをつかみました。

「いっ、いたい！」

カメレオンは、ひめいをあげました。とつぜん、頭をひっぱられたのです。

「ひぇー！」

男の子は、さけんでしりもちをつきました。

「見つけたのは君かもしれない。だが、このカップのもちぬしは、おいらなんだ。」

というと、カメレオンがにょっきりたちあがっていいました。その時、首は体の三倍くらいになっていました。

「おっ、おばけー！」

子どもたちは、首の長いカッパを見るのは、初めてです。おどろきで、首をブランブランと大きくふりました。

「あの、この中の水、どんな味がした？」

そばで聞いていたエッちゃんが、男の子にたずねました。

「給食《きゅうしょく》とおんなじ味だった。」

男の子は、はーはーとあらいいきをしながらいいました。

さて、ここで問題です。


この星の子どもたちがのんでいる給食《きゅうしょく》とは、一体何でしょう。

この液体《えきたい》をのむと首が長くなります。このものとはいったい何でしょう。わかっているのは白色の液体《えきたい》だということだけです。

ある動物のミルクに、二つのざいりょうをまぜてつくります。

なぜ、ミルクがひつようかって？　それを最初に、お話ししましょう。首をのばすためには、ほねがじょうぶであることが、第一じょうけんです。じょうぶにするためには、『カルシウム』っていう栄養素《えいようそ》がとっても大切《たいせつ》になります。ミルクには、そのカルシウムがたっぷりとふくまれているのです。もちろん、しぼりたての方が、よりいっそう効果的《こうかてき》です。

さてさて、この動物とは、いったい何でしょう？　みなさんが、とてもよく知っている動物です。せい高のっぽで首が長いので、動物園でもめだちます。といえば、もうおわかりですよね。そうです。せいかいは、『キリン』でした。

次に、二つのざいりょうとは、いったい何でしょう。始めに、ヒントを出しましょう。

ヒント1　両方とものびます。

ヒント2　両方ともカタカナで二文字です。

ヒント3　一つはおかしやさん、もう一つは文具やさんにうっています。

どうでしょう？　まだ、わからないという人のために、おまけのヒントをだしましょう。

ヒント最後　言葉のはじめに、一つは、『チューイン』がつき、もう一つは、『ワ』がつきます。

せいかいは、『ガム』と『ゴム』でした。

「この星の人たちに、考えるよろこびを知ってほしいな。」

エッちゃんが、ぽつんといいました。

「わたし、もう一度ちょうせんしてみる。エッちゃんに会ったら、なんだか勇気がわいてきたの。今度は、妹のアミにれんらくして、協力《きょうりょく》してもらうつもり。わたしたち、二人《ふたり》分のパワーってすごいのよ。うふふっ、一たす一が七にも十にもなっちゃうの。」

サミが、笑《わら》っていいました。

「ありがとう。」

エッちゃんは、しずかにいいました。

その次のしゅん間、

「しまった！　水をわすれてた。」

と、あわててさけんだ時、カメレオンはすずしい顔で、

「もう入れてもらったさ。」

といいました。

ジンが、『カメレオンのおさらの水は、命の水なんだ。』といったら、まちがってのんでしまった男の子が、すぐにかけだして入れてくれたのでした。

10　やまんばの星

お日さまがしずむと、あたりはきゅうにうす暗くなってきました。気のはやい一番星が金色のきものをきて南の空にすがたをあらわすと、二番星、三番星がまるで早さをきそうかのようにあらわれました。ちょうど七番星がでた時です。家々《いえいえ》の電気が、いっせいにつきました。

「いいながめだ。今ばんは、この星のくうこうで休まないか？　アーリーからプレゼントしてもらったフリーキップがある。」

ジンがうっとりしていいました。すると、エッちゃんもすぐにさんせいして、

「オッケー、あたしも今、おんなじこと考えてたの。こんなすばらしいながめはめったに見られない。この星のくうこうホテルで、ゆっくりとながめましょう。」

「うれしいよ。じつは、おいら、かたがこってしまい、運転する気になれなかったんだ。」

カメレオンが、しおれた顔をほころばせていいました。

頭に入った液体《えきたい》のせいで、とつぜん、首がのびてかたこりになったのです。でも、しんせんな水が入ると、すぐに首は元通りになりました。あのままずっと、わたあめ色の液体《えきたい》が入っていたら、カメレオンの首はいようにのび、元にもどらなくなっていたかもしれません。考えてみれば、くいしんぼうのあの男の子のおかげで、命びろいしたのです。

三人がくうこうへ行くと、くうこうホテルがありました。やっぱり、白い色をしてそびえていました。

エッちゃんがさくらの花びらに入ったフリーキップをさしだすと、首の長いオーナーはもっと首を長くしていいました。

「なんと、すばらしいかがやきでございましょう。このフリーキップなら、ごうかな個室《こしつ》でもあい部屋《べや》でも自由じざいに使えます。三人さま、別々《べつべつ》になさいますか？　それとも、ごいっしょで？」

「個室《こしつ》か、たまにはしずかでいいかもね。」

エッちゃんがいうと、すぐにジンも、

「だれかさんのいびきも聞こえない。そうしよう。」

と、いいました。

「おいらは、いっしょがいいな。この星で一人《ひとり》はこわい。エッちゃんか、ジン君、どちらかおいらをそばにおいてくれないか？」

カメレオンがおねがいすると、二人《ふたり》ともほとんど同時に、

「いいよ。」

と答えました。

何だか、一人《ひとり》はこわいような気がしてきたのです。けっきょく、三人は、いっしょの部屋《へや》にチェックインしました。


朝になりました。さむいと思ったら、外は、雪がチラチラとまっていました。白い屋根には、ミルク色の雪がふりつもっています。

まどを開けると、子どもたちがマフラーを首にまいてあそんでいるのが見えました。エッちゃんは、

「この星のマフラーは長くって、あたしにはあめそうもないわ。」

と思いました。

「ここは、天気のうつりかわりがはげしく、今日《きょう》冬でも、明日《あした》は夏になったりするのです。旅人《たびびと》にとっては変化があって楽しいかもしれませんが、生活するにはふべんです。」

オーナーは、にがい顔でいいました。

「おーい！　水をたのむ。ねむる時、きちんとふたをしたのにからっぽだ。きのうは、そうとうつかれたらしい。おいらの水は、活動しているときはもちろん、ねむっている時もつかれをとるのに使われるんだ。」

カメレオンがあわてたひょうじょうで、ベッドからかけ出してきました。

「チャンスね！」

エッちゃんは指をならすと、トイレにかけこみました。ここなら、カメレオンに見つかりません。

ポケットから四角いはこをとりだすと、

「これにするわ。」

といって、ボタンをおしました。指の下には、こわい顔をした『やまんば』が、口を横にして笑《わら》っていました。

こわがっているひまなどありません。一びょうでも早くいかないと、カメレオンの命があぶないのです。

アスパラ色の液体《えきたい》がふきだして、すぐに、コップをみたしました。エッちゃんは、トイレのドアをあけると、コップをもってかけよりました。

カメレオンのおさらに、アスパラ色の液体《えきたい》がそそがれると、

「あまだれ電車、しゅっぱーつ！」

とさけびました。

少しすると、リンリンリンリンと音がして宇宙《うちゅう》にとびたって行きました。

やがて、サップグリーン色の星につきました。ついたところは、おっとっとっと、『やまんばの星』でした。

ふかいみどりにかこまれて、カラスがカーカーとないていています。その中を一本の道がくねくねと続いています。エッちゃんは、

「おもしろそう！　行ってみましょう。」

というと、先頭《せんとう》に立って歩き始めました。

少し歩くと、わらでできた山小屋がありました。『わら』とは、いねをかりとったあとにもみだけをとり、いらなくなったくきをかんそうしたものです。

小屋の前にあるきりかぶの上に、一人《ひとり》のおばあさんがこしをおろしていました。うつむいた頭が時おり、コクンとゆれています。

お昼ねでもしているのでしょうか？

「せっかくねむっているのに、声をかけたら、わるいかな。」

ジンがささやきました。

「だけど、この星には森ばかりで家がない。さっき、空の運転をしながら見わたしたら、ちっぽけな小屋がひとつだけ。その小屋っていうのはここ。何か話を聞くとすると、今のところ、このおばあさんしかいない。」

カメレオンがいうと、エッちゃんは、

「やまんばにちがいない。」

と思いました。そして、大きくしんこきゅうすると、かくごをきめました。

「こんにちは。」

耳もとで声をかけると、おばあさんが目をさまして顔をあげました。

つやつやした顔のまん中に、形のいい鼻が横たわっています。すずしげなまゆと目は、まるでこけしを思わせました。

おばあさんは、エッちゃんを見ると、やさしくほほえみました。目はほそいけれど、ふしぎなほど強い光がやどっています。くり色のかみの毛はこしまでのび、風にふわふわとなびきました。エメラルドグリーンのドレスが、とてもよくにあっていました。エッちゃんはうっとりして、

「なんてきれいな人なのかしら。」

と、ためいきをつきました。次のしゅん間、

「だけど、ここはやまんばの星。どうして、やまんばじゃないの?」

と、思わずつぶやいてしまいました。自動はんばい機のにがお絵とちがう美女が、とつぜん、目の前にあらわれて、頭の中がまっ白になったのです。

その次のしゅん間、しまった! と思いました。でも、一度出た声はもどせません。

「おいおい、わしは、れっきとしたやまんばじゃよ。かってに、変えないでおくれ。」

おばあさんは、目を三角にしていいました。

「ごめんなさい。あんまりきれいで、まるでモデルさんみたいだったから…。」

エッちゃんの声が、こわさでふるえました。

「きれいだと、やまんばじゃないのかい? だけど、ほめてくれてありがとう。わしはほんとうにうれしいよ。けっこう、美容とけんこうには気をつかっているんじゃ。」

おばあさんはにこにこしていいました。そして、エッちゃんをあながあくほど見つめると、

「あんたは、地球《ちきゅう》の魔女《まじょ》さんじゃろう。たしか、名前《なまえ》を『エッちゃん』とかいった。おつれのねこさんの名前《なまえ》は、ええっと、そうじゃ、思い出したよ。『ジンさん』だ。そして、となりのカッパさんは…、もうしわけないがわからない。」

と、頭をかきかきいいました。

「おいらの名前《なまえ》は、『カメレオン』さ。よろしくね！」

「一度おぼえたら、わすれない名前《なまえ》じゃ。」

おばあさんは、笑《わら》っていいました。

「どうして、あたしの名前《なまえ》を？」

エッちゃんは、まるで信じられません。

「じつは、エッちゃんのご先祖《せんぞ》さま、つまり、おばあちゃんたちも、以前《いぜん》、この星にきたことがあるんじゃ。その時に、エッちゃんのことをきいた。かわいいまごだって、みな、口をそろえていいよる。」

「そうだったの。ところで、やまんばさんの名前《なまえ》は？」

「そうじゃな、エッちゃんに、やまんばなんてよばれたんじゃかなわん。わしは、『チズコ』っていう。そう、チズってよんでおくれ。おっほん！　チーズじゃないのでまちがえんように…。」

というと、みんな、大笑《わら》いしました。

「チズって、ぜんぜんこわくない。あたし、やまんばって、ずっとこわいものだと思ってた。だって、むかし話に出てくるやまんばって、みんな、せすじがこおりつくほどこわいもの。そして、そろいもそろって、ふしぎな強い力をもってる。」

エッちゃんは、子どものころよんだ本を思い出していいました。

「エッちゃん、やまんばがこわいっていうのは、本の中で作りあげられたたわごとさ。真実じゃない。だがな、ふしぎな力をもっているというのは、たしかじゃ。わしらは、その力を、『かい力』とよんでおる。そうだ！　エッちゃん、しょうぶしてみんか？　君の魔法《まほう》と、わしのかい力のどちらが勝つか。魔女《まじょ》さんなら、あいてに不足はない。」

チズのほそい目が、キラリと光りました。

「それはいい！　ねがってもない話だ。あんた、魔女《まじょ》のしゅぎょうにもなるし、一石二鳥《いっせきにちょう》じゃないか。」

ジンは、エッちゃんのかたをポンとたたきました。

「のぞむところよ。あたしったら、このごろめっきり魔法《まほう》を使わなくなった。このままいったら、魔法《まほう》がかけられなくなっちゃうかもって、心ぱいしてたの。」

「返事は、イエスじゃな。エッちゃん、もうあとにはひけんぞ。わしは、力をぬかん。やまんばの名誉《めいよ》のために、全力でたたかう。」

「ええ、もちろん。あたしも、魔女《まじょ》の名誉《めいよ》のために、全力でたたかうわ。」

二人《ふたり》は、かたいあくしゅをかわしました。まちにまった、やまんばと魔女《まじょ》のしょうぶの始まりです。


空の上では、カミナリの親子がタイコをうちならしました。スタートの合図《あいず》です。とつぜん、青い空にはい色のくもがでてきて、お日さまをかくしました。あたりはまっくろけのけっけ。今にも、雨がふりだしそうです。

お日さまは、あわてて、

「たいへん、どうにかしなくちゃ。やまんばと魔女《まじょ》のたたかいなんて、宇宙《うちゅう》で初めてよ。こんな時に、雨なんてとんでもない。」

とつぶやくと、カミナリのお父《とう》さんにむかっていいました。

「ここは、わたしにまかせてください。すぐに、どいてくださったら、デートのやくそくをしましょう。」

お日さまが色っぽくウインクすると、カミナリのお父《とう》さんは、目がハートになって、遠くの空にとんでいきました。

「大せいこう！」

空は、ふたたびぬけるように青くそまりました。

「くもがきえて、たたかいびよりじゃ。」

「ええ。」

エッちゃんが大きくうなずきました。

「たいへんだ！　たたかうっていっても、かんじんの問題がない。」

カメレオンが、とつぜん、あわてふためいていいました。

「そうじゃった。」

チズとエッちゃんは、顔を見合わせました。

その時です。コバルトブルーの空に、わかくさ色のふうとうがヒラヒラとまっておちました。そよ風のゆうびんやさんが、とどけてくれたのです。差出人《さしだしにん》は、ありません。

「なんだろう？」

カメレオンが、ひろって中をあけると、ツキミソウのびんせんが出てきました。びんせんには、こうかかれていました。カメレオンが声に出して読みました。

ハロー！　チズアンド エッちゃん

ついさっき、やまんばと魔女《まじょ》のしょうぶが行われると聞いて、わたしはこうふんをおぼえました。この世が始まって以来のできごとです。まちがいなく、宇宙《うちゅう》の歴史にきざまれることでしょう。

さて、おせっかいとも思ったのですが、二人《ふたり》のために、わたしが問題を作ってみました。あしからず。

問題一　小屋の前にあるかれ木に、黒い花をさかせなさい。

問題二　ザクロの実を、ダイヤでいっぱいにできるかな？

問題三　この森のみどりの木々《きぎ》を、赤や黄色にそめなさい。

問題は全部で三問。これで、しょうぶしてください。わたしは、あなた方二人《ふたり》を、小さいころからよく知っており、常に公平な立場にいる者です。よって、どちらかに有利《ゆうり》な問題を出したということはありません。

「だれかが、問題を作ってくれた。あたしたちのことを知ってるって！」

エッちゃんがこうふんしていいました。

「ああ、ぼくたちがこまっていることを知っている。こんなに早くじょうほうをキャッチできるなんて、空にいる何ものかだ。」

ジンは、空を見上げました。

「空にいる…。そうじゃ、この手紙は、お月さまからのものにちがいない。考えてみたら、空の上でツキミソウのびんせんを使うのは、お月さましかおらん。」

チズがいいました。

「そうだったの。お月さま、ありがとう。」

エッちゃんは、空を見上げていいました。

「エッちゃん、おたがいせいせいどうどうしょうぶしよう。」

「もちろん。」


カラス森で、カメレオンがさけびました。

「やまんばと魔女《まじょ》のバトル、スタート！　せいげん時間は一時間。できても、できなくても、ここにあつまってせいかを発表してもらう。ちこくしたら、まけだ。」

さて、二人《ふたり》はどうしたでしょう。

チズは、きりかぶにすわり目をとじました。めいそうにふけるには、ここが一番です。しばらくの間、じっと考えていましたが、

「そうじゃ、たしか、あれに書いてあった。」

とさけぶと、小屋にかけこみすぐに出てきました。手には、古ぼけた一冊のノートをもっています。ペラペラめくると、かびくさいにおいがあたりいっぱいに広がりました。

「いいかおりじゃ。これは、わしのたからもの。」

というと、チズは、ノートにほおずりしました。そして、石ぞうのように身動きひとつせず、ただただ、ページをめくりました。

「先人《せんじん》のことばが、わしのさいぼうにすいこまれていくようじゃ。」

しばらくすると、さけびました。

「できた！」

一方、エッちゃんは、みどりの森にきえました。

「ジン、どうしよう。あたし、じゅもんの言葉、ぜんぜんわからない。」

「どうせ、そんなことだと思って、もってきたよ。」

ジンは、じゅもんじてんをさしだしました。

「あんたって、ほんとうにたよりになる。」

エッちゃんは、じゅもんじてんにほおずりしました。

「なんだ、ぼくをなでてくれないのか。」

ジンは、がっかりしていいました。

エッちゃんは、じゅもんじてんをペラペラめくりました。そして、しばらくすると、目を光らせて、

「できた！」

とさけびました。

二人《ふたり》は、ほぼ同時にあつまりました。

「チズもエッちゃんも、時間はごうかく。さぁ、ひろうしてもらおう。第一問、かれ木を黒くする。」

カメレオンがこうふんして、サクランボのマイクをおとしました。

空の上では、お日さまがギラギラと光のうでを強くし、お月さまはとうめいな顔でしずかにほほえみ、このようすを見守っていました。


「第一問はいただき。あたしにまかせて。」

エッちゃんが、とくいになっていいました。

「レアナクロクヨキレカ、レアナクロクヨキレカ、レアナクロクヨキレカ！」

エッちゃんは、全しんけいを集中させて、じゅもんをとなえました。

さて、かれ木に花はさいたでしょうか？　ざんねんながら、答えはノーです。かれ木は花をつけるどころか、年おいてしまい、今や立っていられないほどです。

魔法《まほう》は大しっぱい。

「あたしったら、まちがえて老木《ろうぼく》にしちゃった。」

エッちゃんは、くやしそうにくちびるをかみしめました。これを見ていたやまんばが、いいました。

「今度は、わしの番じゃ。」

やまんばは、かれ木にのぼりカキの実をつけると、

「これで、いい。あとはまつだけ。」

とにこにこしていいました。

少しすると、一わのカラスがやってきて、まっかなカキの実を見つけました。カンキチは、きせつはずれのごちそうにおどろいて、

「コケカッカー。」

とへんなき声をあげると、すぐにひきかえしました。少しすると、カラスの大ぐんがやってきました。その数は、三万三千三百三十三わ。おそろしいほどの数のカラスです。

どうしてこんなにあつまったかって？　それは、カラスの森のカラス全部に、このじょうほうがつたわったからです。カンキチがこせき係のがりべんカラスに伝え、がりべんカラスが全家庭にメールをいれたのでした。

たくさんのカラスたちは、カキの実のあるえだにとまりました。いっしゅんにして、かれ木に黒い花がさきほこりました。

がりべんカラスがいいました。

「ひとつのカキの実を、みんなでなかよく分けるにはどうしたらいいだろう？」

カラスたちは、ひっしになって考えました。

ひとりじめすると、この森からおいだされてしまいます。カラスたちは、そのことを一番おそれていたのです。でも、なかなかいい考えはうかびません。長い間、かれ木にとまっていました。かれ木には、しばらく黒い花がさいていました。

「このしょうぶ。チズさんのかち！　続いて、第二問、ザクロの実をダイヤでいっぱいにする。」

カメレオンがさけびました。

「今度こそ。あたしが勝つわ。」

というと、エッちゃんは、ザクロの実を手にのせてじゅもんをとなえました。

「レアナニヤイタ、レアナニヤイタ、レアナニヤイタ！」

ところが、どうでしょう。ザクロはダイヤでいっぱいになるどころか、あたりは、車のタイヤであふれかえりました。

「あははっ、タイヤじゃない。ほうせきのダイヤモンドだ。」

カメレオンがタイヤのあなから顔を出し、笑《わら》っていいました。

「あたしったら、ダイヤとタイヤをまちがえちゃった。おねがい、もう一度だけ、やらせて！」

というと、エッちゃんはじゅもんをとなえました。

「レアナニドンモーア、レアナニドンモーア、レアナニドンモーア！」

ところが、今度は、空からアーモンドの実がふってきました。

「いっ、いたい！」

アーモンドは、ちょうどエッちゃんの頭上にパラパラとおちて、こぶがプクリプクリとできました。

「あたしったら、ダイヤモンドとアーモンドをまちがえちゃった。もういい。チズ、やって！」

エッちゃんは、こぶをおさえていいました。

チズは心ぱいそうに、エッちゃんに氷をわたすと、

「大じょうぶかい？　ひやすといい。」

といいました。

　チズは、おさけの入ったつぼに、ザクロの実を入れていいました。

「このつぼに、毎ばん、おがむんじゃ。『今日《きょう》一日、元気でいさせてくれてありがとう。』ってな。感謝《かんしゃ》の心がザクロにつたわると、ザクロの実はうれしくなってかたくなる。ザクロには、性能《せいのう》のいい耳がついておる。というより、身体全体が耳なんじゃ。かたくなってかたくなって、およそ、三十年ほどで、ダイヤになる。その間、決《けっ》してこのおさけをのんではならんのじゃ。人

間たちは、すぐにのんでしまうと聞いたが、それがいかん。だがな、人間界にダイヤがあふれると、けんかがたえないだろう。このまま、知らせない方がよい。」

「感謝《かんしゃ》の心がダイヤモンドになるなんて、いい話だなあ。」

ジンがいいました。

「あたしもやってみようかな。」

エッちゃんがいいました。

「このしょうぶも、チズさんの勝ち！　続いて、第三問、みどりの木々《きぎ》を赤や黄色にそめなさい。」

カメレオンがさけびました。

「最後はもらった。ぜったい勝つわ。」

エッちゃんが力をこめていいました。

「レアナニイキヤカア、レアナニイキヤカア、レアナニイキヤカア！」

いつものように、じゅもんをとなえました。

今度こそ、かんぺき。じゅもんのことばにまちがいはありません。

ところが、どうしたことでしょう。みどりの木々《きぎ》はちっともそまりません。そう、『ストライキ』をおこしてしまったのです。魔女《まじょ》たちが、いくら魔法《まほう》をかけても、まれにかからないことがありました。それがストライキです。これは、しゅぎょう中の魔女《まじょ》に多く見られました。一人前《いちにんまえ》になると、ほとんどなくなります。

みどりの木々《きぎ》は、こうようがすきではありませんでした。なぜなら、すぐにちってしまうからです。

「どうしてかしら？　あたしの魔法《まほう》、ちっともかからない。」

エッちゃんは、頭をかかえしゃがみこんでしまいました。

「あまりなやまない方がいい。エッちゃん、わしがやってみよう。」

チズが、やさしくかたをだいていいました。

「ええ。」

チズは、北の空に向かい、

「秋風よ、ふいてこい!」

とさけぶと、気の早い秋風のせいが、コートをきてやってきました。せいは、空の上から、つめたいいきをふーっとふきかけました。するとどうでしょう。森の木々《きぎ》は、いっしゅんにして、赤や黄色になりました。

「チズ、おみごと!　さすがだわ。」

エッちゃんが目をまるくしてさけぶと、カメレオンとジンは、思わずはくしゅをしました。

「最後も、チズの勝ち。やまんばと魔女《まじょ》のバトルは、三たいゼロで、あっとうてきにやまんばの勝ち。」

カメレオンの声は、空高くひびきました。

「チズ、こうさんだわ。今回のしょうぶで、しゅぎょうのあまさが身にしみた。あたし、チズみたいに知恵《ちえ》をつけて、りっぱな魔女《まじょ》になる。すぐに、おいつくからね。」

エッちゃんがひとみを光らせていうと、チズは、一しゅん、まるいひたいにしわをよせました。

「エッちゃん、知恵《ちえ》っていうものは、一日やそこらでつくものじゃない。長い年月をかけて、努力しているうちに自然とつくものなんじゃ。それにな、エッちゃんはほめてくれたが、わしだって、まだまだしゅぎょうが足《た》りん。もっと勉強して、すてきなやまんばになりたいと思っておる。」

「しゅぎょうが足《た》りない？　そんなばかな。チズは、今日《きょう》のしょうぶかんぺきだったのよ。なのに、どうして十分《じゅうぶん》じゃないの？」

エッちゃんは、おどろいていいました。

「エッちゃん、知恵《ちえ》ぶくろに限度《げんど》はないんじゃよ。つめこめばつめこむほど入る。ふとんみたいに、かさばるものじゃないからね。そう、とうめいだからいくらでも入るんじゃ。頭のやつが、『知恵《ちえ》はもういっぱい。これ以上入らないからやめてくれ。』なんて忠告《ちゅうこく》する話、今までに聞いたことあるかい？　学べば学ぶほど入る。知恵《ちえ》は、むげんなんじゃよ。」

というと、チズは目を細め遠くを見つめました。

「スペインの作家セルバンテス作に『ドン・キホーテ』という本がある。その中に、『ローマは、一日にしてならず』ということわざが出てくる。大事業は、一朝一夕《いっちょういっせき》でなしとげることはできないという意味だ。何事も努力のあとに偉業《いぎょう》がなしとげられるのだ。こつこつと努力するすがたは、人に感動すらあたえる。自分が最高の知恵《ちえ》のもちぬしだなんて、おごりがでたらおしまいさ。それ以上学ぶ努力をしなくなる。学んでいるすがたこそ、清くうつくしいのだ。チズのように、勝負《しょうぶ》に勝ってもじまんせず、まだしゅぎょうが足《た》りないと努力する姿勢《しせい》が尊《とおと》いのだよ。もしかしたら、それが、ほんとうに知恵《ちえ》のある者なのかもしれない。何ごとも、前向きなしせいでとりくむことが大切《たいせつ》なんだ。そう、結果より過程《かてい》が大事。エッちゃん、今の気持ちを大切《たいせつ》にしなさいよ。」

カメレオンが、もっともらしくいいました。

「よくわかったわ。ところで、カメレオン、あなた、とつぜん、むずかしいことをいっちゃって…。どうしたの？　せいかくが変わっちゃったみたい。」

エッちゃんが、首をかしげていいました。

「おいらの頭が、とつぜん、クリアーになって、ことばが勝手《かって》にすらすらととびだすんだ。おいらの頭なのに、まるで他人の頭みたいだ。」

カメレオンが、わけのわからないことをいいました。

そうです。おさらの液体《えきたい》が体に入り、活動をはじめたのです。この液体《えきたい》は、やまんばが、毎朝かかさずのんでいる『グリーンウォーター』でした。

お日さまとお月さまは、四人をつつみこむように、にっこりほほえみました。

「エッちゃんもチズも、せいせいどうどうとしょうぶできたわ。それにしても、チズの知恵《ちえ》は、年々《ねんねん》さえわたってる。しゅぎょうのたまものね。」

お日さまがいいました。

「そうね。チズのかい力は、みごとだった。そして、エッちゃんはまけたけど、さわやかなたたかいぶりだった。このちょうしなら、いい魔女《まじょ》になることまちがいないわ。」

お月さまがいいました。


さて、ここで問題です。

やまんばが、毎朝かかさずのんでいる『グリーンウォーター』とは、一体何でしょう？

この液体《えきたい》をのむと、知恵《ちえ》がつきます。それから、カメレオンが体験したように、頭がクリアーになります。

このの みものとはいったい何でしょう。ただ、ひとつわかっているのは、みどり色の液体《えきたい》だってことです。

わかりますか？　なんて、とつぜん、聞かれてもわかるはずがないですよね。周りを見わたせば、みどり色のものであふれています。

となれば、みなさんおまちかね、ヒントを出しましょう。その液体《えきたい》は、しんぴてきなエメラルドグリーンの海水に、あるこなをとかして作ります。

そのこなとは何でしょう。

ヒント1　人間ならだれでももっています。

ヒント2　きれいなものではありません。

　　　　どちらかというと、きたないです。

ヒント3　つめの近くにあります。

もう、わかったでしょうね。答えは『つめのあか』です。きたない！　なんてさけんでいる人、ごもっともです。

でもね、ただのつめのあかじゃない。地球上《ちきゅうじょう》に初めてあらわれた哲学者《てつがくしゃ》のもの。つまり、かしこい人のものなのです。すてられていくあかにも、かすかに、知恵《ちえ》がのこっていたというわけです。

さて、そのかしこい人とは、いったいだれでしょう。近くに百科事典《ひゃっかじてん》があれば、調べてもいいですよ。この人は、古代ギリシアの哲学者《てつがくしゃ》です。『無知《むち》の自覚《じかく》』をとなえました。かんたんにいうと、ほんものの知恵《ちえ》とは、知恵《ちえ》のない自分を知ることだというのです。小学生のみなさんには、少しむずかしいかもしれませんね。

さて、事典《じてん》で見つかったでしょうか？　答えは、『ソクラテス』でした。

ことわざに、『つめのあかをせんじて飲む』というのがあります。できのいい人のあかでも飲を飲めば、少しは今よりよくなるだろうという意味です。これはたんなるたとえですが、この液体《えきたい》には、賢者《けんじゃ》ソクラテスのつめのあかが入っていたのです。

どうやってとりだしたかは、今でもなぞですが…。

最後に、チズが読んでいた一冊のノートのひみつを明かしましょう。あの中には、やまんばのご先祖《せんぞ》さまたちの知恵《ちえ》がつまっていました。ページを開けば、いつだってしんせんな知恵《ちえ》がさずけられました。チズは、やまんば一族に代々《だいだい》伝《つた》わるこのノートを、宝物として大切《たいせつ》にしまっていたのです。

11　のっぺらぼうの星

ブルーブラックの空には、たまご色したお月さまがかがやいていました。

「ああ、おなかがすいた。あたし、大きな目玉やきが食べたいな。」

エッちゃんが空を見上げていうと、ジンが、

「だけど、この星の飛行場《ひこうじょう》に、くうこうホテル

はない。どこか、別の星へ行こう。」

といいました。

「そうしよう。」

カメレオンが、あまだれ電車の運転席にのりこんだ時です。

「なんだかむねが苦しい。」

といって、顔をいっしゅんゆがめました。エッちゃんが、心ぱいそうな顔で、

「どうしたの？」

と声をかけた時、ジンがさけびました。

「おさらの水がからっぽだ。」

電車に水はありません。飛行場《ひこうじょう》のどこかに水はありそうなものですが、あたりはまっ暗で何も見えません。

　エッちゃんは電車のかげにかくれると、ポケットから四角いはこをとりだしました。まるがおのお月さまが、いっしゅん雲にかくれてしまい、ボタンの絵は全く見えません。

しかたなく、手さぐりでおしました。指の下には、まっ白おばけの『のっぺらぼう』が、横たわっていました。

　スイカ色した液体がふきだして、すぐに、コップをみたしました。エッちゃんは、電車のドアをあけると、コップをもってかけよりました。

　カメレオンのおさらに、スイカ色の液体《えきたい》がそそがれると元気な声で、

「あまだれ電車、しゅっぱーつ！」

とさけびました。カメレオンの顔から、ゆがみは消えていました。

「やまんばの星、さようなら。チズ、またいつか、しょうぶしましょう。」

エッちゃんが夜空にさけんだ時です。まるがおのお月さまが、雲の間からあらわれてほほえみました。

少しすると、リンリンリンと音がして宇宙《うちゅう》にとびたって行きました。サギソウのはねはお月さまの光にてらされて、いつまでも金色に光っていました。


やがて、ピーコックグリーン色の星につきました。やまんばの星ににていますが、スイカみたいなしまもようがありました。ついたところは、ホニャララぼうの星。まんぼうじゃなく、チョコぼうじゃなく、くいしんぼうでもない。ぼうはぼうでも、『のっぺらぼうの星』でした。

三人は飛行場《ひこうじょう》におり立つと、すぐにくうこうホテルにむかいました。エッちゃんが、

「部屋《へや》をひとつかしてください。」

といって、フリーキップをさしだすと、のっぺらぼうのオーナーがでてきました。

「キャー、顔がつるつる。目も鼻も口も、それから、耳もない。」

エッちゃんが、黄色い声をあげました。すると、オーナーは、

「おどろくのも無理はありません。地球《ちきゅう》の人間たちは、わたしたちのことをよく知りません。それなのに、顔だけ見てにげ出すのです。いつの間にか、『おばけ』にされてしまいました。わたしたちは、おばけなんかじゃありません。地球《ちきゅう》の人間たちと同じ、心をもった生きものです。ちがうのは顔だけ。だから、心ぱいはいりません。」

と、手を横にふっていいました。

そして、思い出したかのように、エッちゃんのさしだしたフリーキップに、顔を近づけると、

「おお、すばらしい！『ごうかけんらんおくつろぎルーム』をおつかいください。今まで、この部屋《へや》をつかったお客さまは、だれひとりおりません。」

といいました。あんないされた部屋《へや》はひじょうにせまく、テーブルとベッドのほか何もありません。エッちゃんは、

「ほんとうに、ここが、ごうかけんらん何とかルーム？」

とたずねました。すると、オーナーは、

「シンプルイズ、ビューティフル！　ともうしまして、たんじゅんな部屋《へや》が、実は一番つかいやすいのでございます。最近は、やたら、かざりのついたテーブルだとかベッドがおかれ、目をつかれさせたり、つかわない家具ばかりおいて空間をせまくしたり、あるいは、はでな照明のためにかえってねぶそくになったりと、かんちがいをしているホテルがあちこちにふえていると聞きます。わが星では、ゆっくりとおくつろぎいただくために、ホテルをせっけいしました。」

といいました。

「地球《ちきゅう》と全く反対だわ。」

エッちゃんは、ぽつんとつぶやきました。

「ここは、ホテル一番、じまんの部屋《へや》でございます。さんこうのためにもうしますと、安い部屋《へや》は、この七倍ほど広く、王さまが住むきゅうでんのようにりっぱな家具がならびけばけばしています。もし、そちらの方がよろしければ、しきゅう手配いたします。」

オーナーは、他の部屋《へや》のかぎを何百か出していいました。

「いえ、ここでけっこうです。」

ジンがこたえた時、カメレオンもエッちゃんもゆかでねいきをたてていました。あまりのつか

れで、おなかがすいていたのもわすれていました。

オーナーは、二人《ふたり》の様子《ようす》を気配《けはい》で感じとると、

「もうねむっていらっしゃいます。よっぽどこの部屋《へや》が、お気にめされたとみえる。ほらほら、ベッドでおやすみください。」

というと、二人《ふたり》をじゅんにベッドへはこび、

「それではごゆっくり！」

というと、ドアをしめて出ていきました。

「目がないのに、どうして見えるんだろう。」

ジンは、ふしぎに思いました。少しすると、のっぺらぼうのウェートレスがやってきて、

「もしよかったらどうぞ。シェフじまんの、とくせいライスです。お口にあいますかどうか。」

といって、おぼんをさしだしました。

おさらには、お魚が五しゅるいもはいったまぜごはんがのっていました。

「ぼくの大こうぶつだ。ありがとう。」

ジンは、一気にたいらげました。おなかいっぱいになると、ベッドにどっとたおれこみました。

朝になりました。

「ジン、おきて！　今日《きょう》は、この星のぼうけんでしょう。」

エッちゃんがジンの耳もとでさけんだ時、ドアの音がしました。あけてみると、のっぺらぼうのウェートレスがおぼんを持って、

「朝ごはんをおもちしました。」

といいました。

エッちゃんは半じゅくの目玉やき、カメレオンは人《にん》じん入りハンバーグ、そして、ジンはシーフードスパゲッティです。それぞれの食べたいものが、ならんでいました。

「どうしてわかったんだろう？　あたしたち、注文しなかったよね。」

エッちゃんは、首をかしげました。

「きのうから、ふしぎなことばかりだ。」

ジンがいいました。三人はおなかがすいていたので、ぱくぱく食べました。お礼をいってホテルを出ると、目の前のふうけいはスイカ色にそまっていました。

「まるで、色めがねをかけてるみたい。」

エッちゃんが、こうふんしていいました。

「きれいだなったらきれいだな。夕日だって、こんなすてきな色は出せないよ。」

カメレオンがポンポンはずんでいいました。

その時です。宇宙《うちゅう》のすみっこで、ばりばりとおやつを食べていたお日さまは、この声を耳にしてむっとしました。

ふだんだったら、こんなことではらをたてるなんてめったにありません。いやなことがあって、ちょっとおこりっぽくなっていたのです。

「いったいだれ？　しつれいなことをいうわねぇ。こんなことをいう星に、夕やけの『うっとりあかね映写会《えいしゃかい》』は、こんりんざいしてやらないからね。」

お日さまは、宇宙《うちゅう》テレビのチャンネルをガチャガチャ回すと、ようやく声の持ち主のいる星をさがしあてました。

「あらまっ、カメレオン？　きのうは、たしかやまんばの星にいたはずよ。今日《きょう》は、のっぺらぼうの星。いったいどういうこと？　エッちゃんもジンくんもいっしょ。」

というと、ふくろから二枚目のおせんべいをだしてボリボリかじりました。かじり終わると、

「きっと、エッちゃんの気まぐれ旅行ね。だけど、こんな暗い星をよく見つけたわ。わたしだって、ほとんど知らないのに…。」

と、つぶやきました。

　お日さまがこの星を知らなかったのには、わけがありました。のっぺらぼうには目がなかったので、光はひつようなかったのです。見えない者には、明かりも暗やみもいっしょ。星のシャッターが開くことは、ほとんどありませんでした。というわけで、お日さまが、この星で映写会《えいしゃかい》を開いたことは、ただの一度もありません。

　ところが、くうこうホテルのオーナーが、星の支配人《しはいにん》さんに、お客さんがきたことを知らせると、久しぶりにシャッターが開きました。そのおかげで、エッちゃんたちは歩くことができたし、お日さまはカメレオンを見つけることができたのです。

　お日さまが三枚目のおせんべいをボリボリバリバリかじり終え、ふくろから四枚目をつかんだ時、とつぜん、地球《ちきゅう》のノンビリ山からメールが入りました。さしだし人は、なこうどのヒツジのふうふです。

「お日さま、そろそろ出番ですので、じゅんびをしておいでください。今日《きょう》は、まちにまったノンビリ山の牛たちのけっこん式です。とびきりロマンチックな夕やけを映写《えいしゃ》してください。」

メールを読み終えたお日さまは、

「ノンビリ山の動物たちが、わたしをまっている。行かなくちゃ。今日《きょう》はおいわいの映写会《えいしゃかい》だもの。はでにいくわ。」

というと、目のさめるようなあかね色のドレスにきがえ、西の空めがけてとんでいきました。

　ここは、のっぺらぼうの星。スイカ色のふうけいの前で、ジンが首をかしげました。

「あれっ、こんなところに、トンネルだ。どこまで続いているんだろう?」

のぞくとまっくらです。エッちゃんが、目をキラキラさせて、

「行ってみましょう。」

といいました。すると、ジンがこまった顔をして、

「だけど、何も見えない。これじゃ歩けないよ。」

といいました。

「ジン、あんた、くらやみでも見えるんじゃなかった?」

「ああ、いつもだったらね。ところが、今日《きょう》は、なんだか調子《ちょうし》がわるいんだ。なぜだか、ぜんぜん見えない。」

といいました。

「そうだ! あまだれ電車で行こう。前に、ランプがついている。よかったらうんてんしようか?」

カメレオンがいいました。

「それはいい! カメレオン、おねがいね。」

エッちゃんが、すぐにさんせいしました。

　その時です。ジンがトンネルの入り口でさけびました。

「あれっ、こんなところにボタンがある。なになに、『障害者用《しょうがいしゃよう》』と書いてある。」

ボタンをおすと、トンネルの中に明かりがともりました。目の見える旅行者のために、ついていたのです。

「どういうこと？」

エッちゃんには、りかいできません。少しすると、ジンがいいました。

「これは、ぼくの出したけつろんだけど、つまり、目の見えないこの星の人にとって、見えるということは障害《しょうがい》なんだよ。」

「あたしには、ちっともわからない。見えることが障害《しょうがい》だなんて…。」

「ぼくだって同じさ。なぜなのか、とんとわからない。」

ジンが首をかしげました。

「この星に住めば、きっとわかる。さて、電気はついて見えるようになったけど、あまだれ電車は、まだひつよう？」

カメレオンが、二人《ふたり》の顔をのぞきこむようにいいました。その時です。

「まって！　みみみみみ道が動いてる。」

今度は、エッちゃんがさけびました。

「そんなはずないだろう？」

ジンはあきれた顔をしてトンネルをのぞくと、のっぽとちびののっぺらぼうが、こちらに向かってくるではありませんか。

二人《ふたり》とも、足をそろえたままです。ということは、道が動いているしょうこです。出口までくると、二人《ふたり》は足を一歩ずつだしてトンネルの外にでました。トンネルの道は上りと下りがあって、それぞれはんたい方向へゆっくりと動いていたのです。

　エッちゃんたちの方を向くと、

「ハロー！　はじめまして！　あなたたちは、この星、一番のお客さま。」

のっぽののっぺらぼうがいいました。

「ようこそ、ぼくたち、この日をずーっとまってたんだ。」

というと、ちびののっぺらぼうがエッちゃんの首にだきつきました。まるで、コアラが大木《たいぼく》につかまっているみたいです。

　エッちゃんは、とつぜんのできごとにどぎまぎして立ちつくしていました。すると、のっぽののっぺらぼうが、

「ごめんなさい。弟《おとうと》は、いくつになってもあまえんぼうでこまるの。ほら、早くおりなさい。」

というと、弟《おとうと》をしかってだきおろしました。どうやら、兄弟《きょうだい》みたいです。

　エッちゃんは、目をぱちくりさせてたずねました。

「こっこんにちは、あの、あたしたちが見えるの？」

「もちろん、よーく見えますとも。」

「目がないのに？」

「うふふっ、わたしたちは、目なんかで見ない。体全体で気配《けはい》を感じとり、心で見るの。だから、目などいらないわ。」

おねえさんは、わらって《わら》いいました。

「ちいねえちゃん、ママがまってる。」

「うっかりわすれるところだった。わたしたちは、あなた方をむかえにきたの。うちにきて！」

「おじゃましてもいいの？」

エッちゃんが心ぱいそうにたずねると、弟《おとうと》は、

「うんうんうん、いいにきまってる。」

とぽんぽんはずんでいいました。おねえさんは、

「ママが、お茶でものみながら、ゆっくりとお話しましょうって。あなた方がこの星にとうちゃくした時、『魔女《まじょ》さんたち、ホテルなどにとまらなくたってうちにくればいいのに…。』っていってたわ。」

「お母《かあ》さま、すごい能力《のうりょく》をもっているのね。あたしたちのことを知ってたなんて…。」

「あら、この星の人だったら、それくらいみんなわかる。三歳《さい》までのきそ知《ち》しきだもの。」

というと、トンネルの外にあったボタンをおしました。

「何のボタン?」

ジンがたずねました。

「このボタンは行き先。一けんずつの家をしめしているの。つまり、ボタンをおすと道が動きだし、その家の前でとまるしくみになっている。便利でしょう。」

「それにしても、こんなにたくさんのボタンがあるのに、よくまちがえないわね。三百は、かるくこしている。」

エッちゃんは、かん心していいました。

「ボタンには点字がかいてあるので、指先でたしかめることができるんだ。」

「とにかく、のって! わたしたちの家へ案内《あんない》するわ。」

　五人をのせた道は、ぐんぐん走ります。十秒ほどすると、すぐにつきました。トンネルを出ると、まるい形をした黒い家がありました。

げんかんにつくと、のっぺらぼうのお母《かあ》さんが、ハイビスカス色のエプロンをつけて立っていました。

「魔女《まじょ》さま、おまちしていました。さあさ、あがってください。おいしいお茶をいれましょう。」

といって、手まねきしました。

部屋《へや》に入ると、だだっ広い空間がひろがっていました。あるものは、すいか色したソファーだけです。

三人がソファーにこしをおろすと、頭の上からテーブルがおりてきました。

「すごい。ひとりでに、テーブルがセットされた。」

三人は、口を開けたままぽかんとしてながめていると、おねえさんは、

「おどろいたでしょ。ふだんはじゃまだから、てんじょうにつってあるの。ソファーにすわると、おりるしくみになっている。他の家具も同じよ。ほらっ、見て！」

といって、ゆびさしました。てんじょうには、机やいすやベッド、食器だなやテレビが、あっちこっちにうかんでいました。エッちゃんは、顔を上にあげると、とつぜん、

「あっ！」

と、声をあげました。ベッドの上に、のっぺらぼうがのっているではありませんか。

「パパったら、いくらよんでもおきないの。ベッドがおこって何度もゆらしたんだけど、やっぱりだめ。あきれかえってあがっちゃったの。パパがおきたら、きっとまっ青《さお》ね。高いところがきらいなの。でも、これにこりて、ねぼうはなくなるかもね。」

ママがいいました。

ちょうどその時、パパが目をさまして、

「こわいよ。おろしてくれ。」

とさけびました。その声をきいたベッドは、

「きそく正しい生活をしてください。」

というと、下におりてきました。パパがベッドからおりて、

「明日《あした》からは、気をつけるよ。」

というと、ベッドは、またすぐにあがりました。

「はじめまして、パパさん。見えないのに、どうして高いことがわかったの？」

エッちゃんは、たった今会ったばかりのパパにたずねました。ふしぎでならなかったのです。

「そりゃあ、わかるよ。ひとことでいって、気配《けはい》じゃ。わたしたちの毛穴は、とってもびんかんなんだ。空気のこさで高さを感じることができる。だがな、これは、つい最近になってからのことじゃ。目や鼻や口や耳がないわたしたちの祖先《そせん》は、初め苦労《くろう》したと聞いておる。長い歴史の中でひふが発達して、それらの機能《きのう》をもち合わせるようになったんじゃ。」

パパは、じまんのひげをなでながらいいました。

「さあ、おいしいお茶が入りましたよ。」

ママは大きなおぼんに、いくつもコップをのせてやってきました。

コップには、赤い色の液体《えきたい》が入っていました。中には、黒いつぶがプカプカうかんでいます。

「イチゴジュース？　それとも、トマトジュース？」

エッちゃんがこうふんしていいました。

「それはひみつ。これは、わたしたちの星のとくべつののみものなの。魔女《まじょ》さん、とにかくのんでみて！」

ママがいいました。

「おいしい!」

エッちゃんがさけびました。

「あの…、ひとつだけ、教えてほしいことがあります。」

とつぜんジンがいいました。

「なんだい? わしにわかることだったら、何でも答えよう。」

パパが、ひげをなでなでいいました。

「ボタンをおしたら、トンネルの中に電気がともりました。そこには、『障害者用《しょうがいしゃよう》』と書いてあった。つまり、見えることが障害《しょうがい》ってことになります。ぼくたちの星、地球《ちきゅう》では、全く反対で、見えないことが障害《しょうがい》なのです。」

「君は、じつにすばらしいねこだ。なんて、心こまやかな質問をするんだろう。」

パパはかん心していいました。

「あの、お話のとちゅうですが、あたしも、ついさっき同じことをぎもんに思いました。」

エッちゃんがほめてもらおうと思って口をはさむと、パパは、

「いやぁ、さすが、魔女《まじょ》さんだ。」

とおおげさにほめました。そして、ひといきつくと、

「ここに、二人《ふたり》の男がいるとしよう。一人《ひとり》は、心のやさしい正直者だが、顔はぶさいくで、目もあてられない。もう一人《ひとり》は、うそつきでずるがしこい性格《せいかく》をしているが、顔は光源氏《ひかるげんじ》のように美しい。魔女《まじょ》さん、あなたは、どちらの人とけっこんしますか?」

とたずねました。エッちゃんは、しばらく考えていましたが、やがて、口をひらくと、

「もちろん、心の美しい人よ。といいたいところだけど、顔の美しい人かもしれない。」

と答えました。

「あははっ、魔女《まじょ》さんは正直《しょうじき》でいい。見えなければ、顔の造作《ぞうさく》などぜんぜん関係ない。心の美しい人をえらぶじゃろう。ところがじゃ、目があると、大切《たいせつ》なものが見えなくなる。心が美しいことが何よりも大切《たいせつ》なのに、目があるために、はんだんをあやまってしまう。見えることが、実は、本当に大切《たいせつ》なものを雲でおおって見えなくしている。ふしぎなものでね、目がなくて見えない生活を送っていると、いつの間にか、心に目がついて見えるようになっている。『心の目』は実に正確じゃ。よけいなものが視界《しかい》に入らないので、まちがいなくれいせいな判断《はんだん》ができる。

魔女《まじょ》さん、ねこさん、これで質問の答えになっているだろうか。」

パパは心ぱいしたようすで、エッちゃんとジンの顔をのぞきこみました。身体全体《からだぜんたい》で、気配《けはい》をかんじとっているようでした。

「ありがとう。見えることが障害《しょうがい》だってことが、よくわかった。心の目ってすてきね。あたしもつけたいな。」

エッちゃんがいうと、ジンは、

「面食《めんく》いのあんたには、むりだろうよ。」

と小さな声でつぶやきました。

　その時です。弟《おとうと》が、カメレオンのおさらの水を見てさけびました。

「ここに、おいらの星のお茶が入ってる。」

次のしゅん間、エッちゃんとジンがさけびました。

「カメレオンのかた目がない！」

「鼻はんぶんと口も…！」

さて、ここで問題です。


のっぺらぼうが毎日かかさずのんでいる赤いお茶とは一体何でしょう？


この液体《えきたい》をのむと、のっぺらぼうになります。そのかわり、心に目がついて、物事がれいせいにはんだんできるようになります。

この、のみものとはいったい何でしょう。わかっているのは、液体《えきたい》が黄色でもなく白でもなく青色でもない。まさに、赤い色をしているってことだけです。

ここで、ヒントです。その液体《えきたい》は、あるくだもののしるに目薬の木のしるをよくまぜ、その中にある植物のこなをとかして作ります。くだものと、こなをあてて下さい。

はじめに、くだもののヒントをだしましょう。

ヒント1　夏になると、大人気《だいにんき》のまるいくだものです。

ヒント2　みどりのしましまで、海でわることもあります。

ヒント3　黒いたねがシンボルマークです。

最近、たねのないものも出回ってきました。

そうです。答えは『スイカ』でした。この星は、べつ名『スイカ星』とよばれていたのです。外側はみどりのしましまで、町は赤色にそまっていました。家は黒っぽく、まるい形をしていました。いわゆる、スイカのたねそっくりだったのです。ぼうえんきょうで見ると、スイカがうかんで見えるかもしれません。

次は、ある植物をあててください。この植物は、草の一種です。はっぱの形がネズミの○○ににているということから、この名前《なまえ》がつけられたそうです。見たことはあっても、あまり名《な》前《まえ》は知られていません。○○な草という名前です。○○の中に入ることばを当ててください。

ヒント1　顔についているものです。

ヒント2　ふたつあります。

ヒント3　これがないと聞こえません。

ヒントが、かんたんすぎたかしら?

答えは、『みみ』。ある植物とは『みみな草』でした。

12　雪女の星

つかれきった三人は、のっぺらぼうのくうこうホテルに、もう一ぱくすることにしました。とまった部屋《へや》は、もちろん、『ごうかけんらんおくつろぎルーム』です。でむかえたオーナーは、

「お気にめしてくださいましたね。この

部屋《へや》のよさがごりかいいただけて光栄《こうえい》です。」

と、はずんだ声でいいました。

部屋《へや》に通されるなり、三人はねむってしまいました。

「こんばんのお食事は、この星一番の『のっぺらぼう特選《とくせん》フルコース』をご用意いたしましょう。」

オーナーの声が、むなしく部屋《へや》にひびきました。その時です。とつぜん、エッちゃんが、

「おいしい！　むにゃむにゃ。」

と、まぶたをとじたまま口を動かしました。きっと、ゆめの中で食べているのでしょう。

「久しぶりのお客さんに、せっかくうでをふるおうと思ったのに…。」

オーナーは、ざんねんそうな顔をして部屋《へや》を出ていきました。

まどの外には、まんてんの星がかがやいていました。この星は、いつもシャッターをしめていましたので、こんなこうけいは初めてのことでした。チョコレートの木で休んでいたフクロウのぼうやはにこにこして、

「きれいだな。ぼくずっと見ていたい。」

というと、フクロウのお母《かあ》さんが、

「ぼうや、そんなわがままいうものじゃないわ。この星は、いつもシャッターがしまってる。光は必要ないんだもの。しかたないわ。あのお客さんが帰ったら、すぐに暗くなるでしょう。暗いのが、この星の運命《うんめい》なの。」

と、元気のない声でいいました。すると、フクロウのおじいさんが目をかがやかせて、

「そうだ！　星の支配人《しはいにん》さんにシャッターをずっと開けたままにしておくようにおねがいしよう。そうすれば、いろんな動物たちが遊びにやってくる。楽しくなるぞ！」

といいました。

　朝になりました。エッちゃんが目をさますと、いいかおりがしました。あたりをきょろきょろ見回すと、テーブルの上に、おぼんがのっています。

「うれしい！　朝ごはんだわ。」

エッちゃんの声に、ジンが鼻をくんくんさせおきてきました。

「あれれっ、何だろう？」

ジンは、おぼんのそばに手紙を見つけると、読み上げました。

「おはようございます。ゆっくり休まれましたでしょうか？　きのうのばんは、夕飯もめしあがらず、おなかがすいたことでしょう。そこで、栄養まんてんの朝食をご用意いたしました。『くらやみの実』をふんだんに使ったスペシャルメニューです。わたしは、これから、星の支配人《しはいにん》さんに会う用事ができましたので、出かけてまいります。きのうのばん、フクロウのおじいさんに重大なことをたのまれたのです。それでは、よい旅をお続けください。さようなら。」

読み終えると、ジンはうでを組みました。

「重大なことって何だろう？」

「うーん。」

エッちゃんもうなりました。その時、おなかの虫がキュイーーンとなきました。

「とにかく食べよう。」

ジンが、おぼんの上にかかっていた布をとったしゅん間、カメレオンがしおれた顔でやってきました。

かわいそうに、あの液体《えきたい》のいりょくで、ひとつ目になっていました。顔のりょうわきにつきでていたはずの耳は耳たぶだけになり、真ん中にあったはずの鼻は、すがた形もありません。

「身体《からだ》に力がはいらない！」

エッちゃんがおさらをのぞきこむと、

「あらまっ、おさらの水が、すっからかん。」

とさけびました。カメレオンは、その場にへなへなとたおれこみました。

エッちゃんはうしろを向くと、ポケットから四角いはこをとりだしました。ただむちゅうで、ボタンをおしました。

指の下には、かみの長い『雪女』がにらんでいました。エッちゃんは、いっしゅん、こわくなってかたをすくめました。

レモン色した液体《えきたい》がふきだして、すぐに、コップをみたしました。エッちゃんはカメレオンのそばにかけよると、いきおいよく液体《えきたい》を注ぎました。

カメレオンのおさらに、レモン色の液体《えきたい》が注がれると、

「今日も元気だ。おなかがすいた！　ルンルンランランリリリノラン。」

と、歌いだしました。そのしゅん間、カメレオンの顔に変化がおこりました。ひとつ目が二つになり、顔のりょうわきにとがった耳がつき出しました。

「あれあれー！」

エッちゃんがおどろいていると、顔のまん中にひらべったい鼻があらわれました。

「バンザーイ！　おいらの顔が、もとにもどったぞ！　よく見えるしよく聞こえる。何より、こきゅうが楽になった。」

カメレオンが、部屋《へや》の中をぐるぐるとかけ回りました。

「よかったね、カメレオン。さあ、みんなでスペシャルメニューをいただきましょう。」

三人はぱくぱく食べました。何もしゃべらず、いっしんふらんに食べました。

ところで、くらやみの実って、どんな味がするのかって？　ごめんなさい。三人とも、あんまりおなかがすいていたので、味がわからなかったのです。おいしかったことだけは、たしかでしたがね。


「あまだれ電車、しゅっぱーつ！」

カメレオンの声は、さわやかな朝風とともにくうこうの空高くひびきわたりました。

「のっぺらぼうの星、さようなら。あたし、これからは、決《けっ》して外見ではんだんしない。だって、大切《たいせつ》なものは、目に見えないってことがわかったもの。」

エッちゃんがつぶやいた時、リンリンリンと音がしてあまだれ電車は空にうきました。

ゆっくりとしたスピードですすみます。サギのむれがいっしょについてきました。もしかしたら、サギソウのはねを見て、友だちだと思ったのかもしれません。


やがて、トパーズ色の星につきました。そこは、あのおそろしい『雪女の星』でした。大人《おとな》が千人手をつないでもとどかないほど大きな木が一本あって、太いえだをまるであみめのように、空高くのばしていました。

どれくらいのばしていたかっていうと、おどろくなかれ、まるい星の半分がえだにおおわれていました。パロットグリーンのはっぱの間には、トパーズ色の実があっちこっちにかくれんぼをしていました。

　そうです。星がトパーズ色に見えたのは、この実がホタルみたいにかがやいていたからでした。

「それにしても、りっぱな木ね。こんなに大きな木は初めてよ。」

エッちゃんは、えだを見上げて言いました。

「ああ、おそらくこの木の年れいは、軽く見ても三億歳《さんおくさい》をこしているだろう。」

ジンがみきをながめていいました。

「この木のじゅみょうは、星のじゅみょうかもしれないな。」

カメレオンがつぶやいた時、とつぜん、木のはがゆらゆらとゆれました。

「だれかいるわ。」

エッちゃんが木を見上げると、パロットグリーンのはっぱの間に人かげが見えました。

「もしかして雪女かしら？　こわいわ。」

「雪女が木のぼりをする話は、聞いたことがない。チンパンジーか小リスだよ。」

「だけど、人間に見えたわ。」

というと、エッちゃんは、ぶるぶるっとふるえました。その時、

「おひとつ、どうぞ！」

という声とともに、トパーズ色の実が、エッちゃんめがけてとんできました。

「きゃー。」

エッちゃんはさけび声をあげると、両目をぎゅっととじ、その場にふせました。そのしゅん間、カメレオンは前にすすみでて、トパーズ色の実をキャッチしました。頭のおさらをグローブがわりにして、うけとめたのです。

　トパーズ色の実は、レモン色の水の中にプカリプカリとうかびました。その時です。おかっぱ頭の女の子が、するすると木からおりてきて、

「あなた、すごいうんどうしんけいね。」

といいました。

エッちゃんは顔をあげると、女の子をじろじろ見つめてむねをおさえました。

「雪女じゃなくってほっとしたわ。」

「ごめんなさい、わたし雪女なの。名刺《めいし》がなくては信じてもらえないかもしれないけれど、しょうしんしょうめいの雪女よ。」

カナリア色のシャツにジーンズすがたの女の子は、はきはきといいました。

「えっ、まさか…。」

エッちゃんは、あまりのおどろきで声が出ませんでした。

「名前《なまえ》は『レモン』ていうの。あなたは魔女《まじょ》さんでしょう？　さっき、のっぺらぼうのちいちゃんから、もしかしたら魔女《まじょ》さんたちがこの星に来るかもってれんらくが入ったの。わたし、何となく来るよかんがしてたんだ。会えてうれしいわ。」

レモンはそういうと、エッちゃんにだきついてほっぺにチュッとしました。エッちゃんは、とつぜんのことで体をかたくしました。そのしゅん間、風にのってさわやかなレモンのかおりがしました。

　それを見ていたジンは、

「いいな、いいな。ぼくにもほっぺにキスしてほしい。」

と思いました。でも、ざんねんながら、そのねがいはかないませんでした。

「あのね、地球《ちきゅう》の雪女は、こしまである長いかみにそれはきれいな着物を着ているの。顔はたまごみたいにほそ長くてまっ白よ。それから、手はこおりのようにつめたいの。」

エッちゃんは、小さいころに読んだ昔話《むかしばなし》を思い出してぽつりぽつりと話しました。

「それは、大昔《おおむかし》の話よ。手がつめたいっていうのはそうだけど、今時《いまどき》の雪女は、着物なんて着ないわ。だって、大好きな木のぼりだってできないじゃない。わたし、一日のほとんどを、木の上で生活している。木の上ってそりゃあ落ち着くの。じっと考える時も、本を読む時も、そうおひるねにもさいてき。そよそよと風がふいて、時おり鳥のさえずりが聞こえてくる。もうさいこうよ。」

レモンは、まぶたをとじると大きくいきをすってせのびをしました。

「そっか、この大きな木が、レモンちゃんの家なのね。」

「なんてりっぱな家だろう。おいらの何百倍もある。あのさ、おいらの家はユリの花なんだ。」

カメレオンがうらやましそうにいうと、レモンは、

「ユリの花ってけ高くて美しい。あなたの家は、とってもロマンチックね。あまいかおりもするでしょう?」

と、目をぱちくりさせてたずねました。

「まあね。よくをいえばきりがない。」

「うふふっ、人のものはよく見えるものね。ところで、この木の実は、わたしのこうぶつなの。」

「地球《ちきゅう》にもあるわ。レモンでしょ。うふふっ、すっぱいものが好きなのね。そういえば、あなたと同じ名前《なまえ》。レモンがすきだから、名づけたのね。」

エッちゃんは、ゆびをならしていいました。

「いいえ、ちがうの。その反対よ。さいしょにわたしの名前《なまえ》がついていた。わたしがあきもせず、毎日この実を食べるものだから、いつのころからか、動物たちはこの実を『レモン』てよぶようになった。この実にレモンていう名前《なまえ》をつけたのは、この星の動物たち。地球《ちきゅう》のレモンだって、もともとはここで生まれたの。本当のところ、地球《ちきゅう》では見られないはずだった。」

というと、レモンはかなしそうにうつむきました。

「地球《ちきゅう》では見られない？　いったいどういうこと？　今じゃ、地球《ちきゅう》でレモンは欠かせない。レモンティにレモンジュースに、サラダにと、ビタミンCをとるくだものの王様なのよ。何かじゅうだいなわけがありそうね。」

エッちゃんは、おどろいていいました。

「地球《ちきゅう》にレモンがつたわる前に、レモンちゃんがこの星にいたなんて……！　一体、君は何さいなんだい？　ぼくの頭のコンピューターはぶっこわれて、今にもはれつしそうだ。」

ジンは、体中の毛をさかだてていいました。

レモンは顔をあげると、ぽつりぽつりと話しはじめました。

「わたしは、この星ができた時に生まれた。たしか、今年で三億《おく》五千二百七十六万二千二百八十一歳《さい》だったと思う。ごめんね、あやふやで。家へ帰ればはっきりわかるんだけど…。かみさまが、たんじょうのおいわいにこの木の実をうえてくださったの。」

「三億《おく》…？　どうして、そんなに長生きができるの？」

エッちゃんには、全く信じられません。

「この実にひみつがあるからなの。」

というと、レモンは、またかなしいひょうじょうになりました。

「レモンにひみつ？」

三人は、ほとんど同時に声をあげました。

「ええ、レモンの実は、別名『命の実』ともよばれている。それは、尊《とうと》い実なの。」

「命の実？」

三人は、また同時に声をあげました。

「かんたんにいうと、レモンを食べたものには、永遠の命があたえられるってわけ。」

「そんなはずないわ。だって、地球《ちきゅう》の人間たちはレモンを食べてるけど、じゅみょうがあるもの。」

レモンちゃんみたいにずっと生きてない。」

「それにはふかいわけがあるの。ひとことじゃ、せつめいできない。」

「レモンちゃん、そのわけを教えて！」

エッちゃんは心ぞうがはれつしそうなほど、どきどきしてきました。

「ええ。」

レモンは、何かを決心したようにいいました。

　ふるさとのトンカラ山で、魔女《まじょ》ママは、『死なない薬《くすり》』をつくっていました。先祖代々《せんぞだいだい》続いている魔女《まじょ》家にとって、この薬《くすり》はあこがれのみょうやくだったのです。ところが、なかなかできません。それが、レモンの口から語られようとしているのです。エッちゃんのおどろきは最大限にたっし、息《いき》ができなくなるほどでした。

「じつは、魔女《まじょ》さんに会ったら、こちらから話そうと思っていたの。あらまっ、日ざしが強くなってきたわ。木かげに入りましょう。」

というと、レモンは、大きな木の下のベンチをゆびさしていいました。

「ぼくたちもいいかなぁ。」

ジンが心ぱいそうにたずねると、レモンちゃんはちょっぴり笑顔《えがお》になって、

「もちろんよ。」

といいました。ジンとカメレオンは、ほっとしてベンチにすわりました。


レモンのお話というのは、こうでした。

「レモンの実がついたのは、わすれもしない、十一月十二日。わたしが、二十歳《はたち》になったたんじょう日だったの。トパーズ色の実は、お日さまにかがやいてそりゃあまぶしかったわ。わたしったら、その実をもぎとるると、まるごとかじったの。そのすっぱかったこと。思わず顔をゆがめたわ。だけど、目がさめるような酸味《さんみ》が口の中いっぱいにひろがると、心の中のもやもやが消えて、すっきりしたわ。心もかるくなって、かけだしたい気分になったの。それからは、おなかがすけばレモンをかじった。食べない日はなかったわ。だって、わたしったら、朝昼晩《あさひるばん》の食事は、うふふっ、笑《わら》わないでね、いつもレモンだったの。ふしぎなことに、食べれば食べるほど、レモンの実はふえ続けた。ある日のこと、かみさまがゆめの中に出てきてこういったの。『レモンや、君のおかげで、この星はトパーズ色にかがやきだした。今や、この実は、この星のしょうちょうだ。たやしたらいけない。だがな、食べる者がいなければ、この木はやがてかれてしまうじゃろう。そこで、わしは決心した。この星のこの木に実るこのレモンに永遠の命をさずけようとな。そう、かんたんにいうと命の実だ。食べる者には、永遠の命がさずけられる。だがな、地球《ちきゅう》の人間たちには、決《けっ》して知らせるでないぞ。きっと、悪いことがおこる。』わたしは、命の実と聞いてから、くるったようにレモンを食べた。ある日、この星に一人《ひとり》の青年がや

ってきた。わたしは、初めて見る人間にときめいた。気づいた時には、好きになっていたわ。かれも、わたしを好いてくれた。それからの生活は、まるでゆめのようだった。何をしても、楽しくてしかたなかった。かれの名前《なまえ》は『さとう』といったわ。あまいものは大好きだったけど、反対にすっぱいものはからきしだめ。レモンをさしだしても、顔をしかめるばかり。わたしはあせった。だって、かれはいつか死んでしまう。ある晩《ばん》のこと、一人《ひとり》ぼっちで生活するさびしさが、とつぜんおそってきた。わたしはいてもたってもいられなくなって、かれを起こすと、レモンのひみつをむちゅうでしゃべった。かみさまとのやくそくを、やぶってしまったの。よく朝、目がさめると、かれのすがたはきえていた。わたしはむなさわぎがして、そこらじゅうくまなくさがしまわった。でも、どこにもいない。つかれはてて家にもどると、テーブルの上に白いふうとうがのっているじゃない。あわててふうを切ると、手紙には、こう書いてあった。『レモン、さようなら。ぼくは、地球《ちきゅう》に帰ります。とつぜん、わかれをつげるぼくを、君は、なんてひきょうなやつと思うでしょうね。とうぜんのことです。ぼくだって、できることなら君とわかれたくない。君とすごした日々《ひび》はほんとうに楽しかった。でも、命の実の話をきいたしゅん間、ふるさとにたった一人《ひとり》で住んでいる母のことを思い出したのです。母は、何年か前に病気になり、ねたきりになってしまいました。できることなら、母の病気をなおしてあげたいのです。レモンをひとつ持っていきます。君のことは、一生わすれないでしょう。顔を見るとわかれがつらくなるので、ねているうちに旅だちます。』かれは、レモンの実をひとつ持って地球《ちきゅう》に帰ってしまったの。わたしは、かれを失うのがこわくてひみつを話したのに、話したために、全てを失ってしまった。かみさまのいってた悪いことっていうのは、このことだったのね。あの時は、悲しくて死んでしまいたかった。だけど、大きな木にのぼってレモンをかじっていたら、いつの間にやら元気がわいてきたの。何十年かたつと、地球《ちきゅう》に、レモンの木が育った。あれは、あの人がうえたレモンにちがいない。だけど、ざんねんなことに、地球《ちきゅう》のレモンには、永遠の命がふきこまれていない。かれは、今、生きているのかしら？　それを思うと、むしょうに心がいたむの。」

レモンは、かなしそうにつぶやきました。

「あたしも、人を好きになったことがあるから、レモンちゃんの気持ちはわかる。」

エッちゃんが、耳を真《ま》っ赤《か》にしてはずかしそうにいいました。

「あの時、ひみつを話してさえいなければ、かれはここにいたのに…。そう思うと、今でもくやしさがこみあげてくるの。魔女《まじょ》さん、やくそくを守るってむずかしいことね。始めは、かんたんなことだと軽く考えてたけど、あんな風になってからは心が苦しくなって、周りが見えなくなった。れいせいにはんだんができなくなると、いともかんたんにしゃべっちゃった。やくそくって、たとえ自分がどんなじょうたいになっても守りぬかなくちゃならないことなんだって、後になって気づいた。あさはかだったわ。」

「だけど、よくのりこえられたわね。今のレモンちゃんは笑顔《えがお》がかがやいてる。」

エッちゃんは、レモンを元気づけようとかたをポンとたたきました。

「ありがとう。」

というと、レモンはにこっと笑《わら》いました。

「それにしても、レモンの木にそんなひみつがあったなんて、ぜんぜん知らなかったよ。てっきり、地球《ちきゅう》で生まれたものだとばかり思ってた。」

ジンがかん心していいました。

「そうだよ。この星にこなければずっとわからなかった。」

カメレオンがうなずいていいました。

「わからなくて、当然よ。ところで、今日《きょう》、わたしが話したことは、ひみつにしてね。人間たちに知らせると、この星はきっとあふれかえる。死なない木の実をとろうとする人間たちで、おそろしいさわぎになるわ。たちまち、戦争が始まって、おそらくたくさんの人が死ぬでしょう。」

レモンの顔が、いっしゅんゆがみました。ひみつをしゃべってしまったことを、おそれているようです。

「大じょうぶ。わたしたちを信じて！」

エッちゃんがいいました。

「ぼくたち、やくそくしたことは守るよ。だから、そんな顔はしないで！」

ジンがいいました。

「レモンちゃん、ひみつはどんなことがあっても守りぬく。たとえ、苦しくなっても、ぜったいにしゃべらない。もし、しゃべったらぼくたちの命をあげるさ。それくらいのかくごはできている。」

カメレオンは、きっぱりといいました。

「カメレオンたら、大げさなんだから。」

エッちゃんがいうと、カメレオンは、

「ちっとも大げさなんかじゃない。おいら、やくそくを守るってことがどんなに重要で、どんなにむずかしいことか、知ってるんだ。レモンちゃんがしっぱいしちゃったように、たいへんなことなんだ。頭でわかっていても、心がゆれるとどうにもならなくなる。命くらいかけないと、ぜったい守れない。」

と、はっきりといいきりました。

「カメレオンの言うとおり。あたしたち、命をかけてやくそくするわ。」


エッちゃんは、レモンの顔を見つめていいました。

「みなさん、ありがとう。やっぱり話してよかったわ。長い間、ひとりでかかえてきたあやまちを話したら、心がすーっと軽くなったの。心ぱいしないで。こうかいなどしてないから。だって、みなさんを信じてるもの。お礼に、これをプレゼントするわ。」

というと、レモンちゃんは、大きなふくろをさしだしました。

さて、ふくろには、何が入っていたでしょう。それはないしょ。みなさんのごそうぞうにおまかせします。

三人が帰ろうとすると、レモンちゃんは、木の穴《あな》に入って何かもってきました。

「まって、おいしいドリンクがあるの。」

というと、ガラスのコップにレモン色の液体《えきたい》を入れて、すぐにもどってきました。

「のどがかわいたでしょう。さあ、のんでください。これは、わたしが考えた特別のえいようまんてんのドリンクなの。」

「レモンジュースでしょう?」

エッちゃんがそういいながら、一口のむととびあがりました。

「ちょっぴりすっぱくって、それでいてほんのりあまい。のんだ後は、はじけるようにさわやかだわ。こんなのみものは、はじめてよ。」

「だって、とくせいドリンクだもの。これをのむと、悲しみがなくなって、よろこびにかわるの。

レモンをかじりながら、これをのんだらパワーぜんかい。ハッピーハッピーハッピーな気分になることまちがいなしよ。」

レモンは、じしんまんまんにいいました。

　その時です。カメレオンは手がすべって、コップをおとしてしまいました。ゆかに、レモン色の液体《えきたい》がこぼれました。

「ごめんよ！　おいら、手がこごえてうまくもてなかったんだ。ゆび先なんか、さわっても感覚がない。」

カメレオンはなきそうになっていいました。

「ほんとう。こおりみたいにつめたいわ。カメレオン、しっかりして！」

エッちゃんは、あわてていいました。レモンは、カメレオンの手をにぎると、

「わたしと同じくらいつめたい。あなた、もしかして雪女？」

とさけびました。

「もしや…？」

ジンは、カメレオンのおさらの水をなめるとさけびました。

「やっぱり、まったく、同じ味だ。」

　さて、ここで問題です。


雪女の考えたとくせいドリンクとは、一体何でしょう？

この液体《えきたい》をのむと、悲しみがなくなってよろこびにかわります。こののみものとはいったい何でしょう。わかっていることは、二つ。味が、すっぱくって、ほんのりあまくって、のんだ後ははじけるようにさわやかになるってことと、液体《えきたい》がレモン色をしているということです。
ここで、こうれいのヒントです。その液体《えきたい》は、レモンのしるに二つのものをまぜます。その二つをあててください。

ヒント1　両方ともけすものです。
ヒント2　ひとつは、ふでばこの中に入っているものです。使うとかすができます。テストの時、ないとこまります。
ヒント3　もうひとつは、近よると熱くさわるとやけどします。料理には欠《か》かせません。これがないとさむいです。

せいかいは、『けしごむ』と『火』でした。
けしごむはえんぴつの文字をけし、火事は家のものすべてやきつくしてしまいます。レモン水に、二つが合体《がったい》してまざりあうと、悲しみをけしさりよろこびに変えるパワーが生まれるのでした。

カメレオンは、ゆめをみていました。父《とう》さんと母《かあ》さんに会っているゆめでした。会えない悲しみは、いつかは会えるというよろこびに変わっていました。

13　オオカミ男の星

日がしずむと、トパーズ色の実はホタルのように光り、雪女の星をてらしだしました。星全体がピカピカカチカチカとかがやき、まるでクリスマスツリーのようです。

くうこうホテルは、すぐに見つかりました。かんばんには、『つるやホテル』と書いてあり

ます。エッちゃんがドアの前に立って、

「こんばんは。」

というと、空からこな雪がチラチラとまってきました。そのうち、雪がひどくなり、

「あらまっ、とつぜん、冬になったわ。」

とおどろいていると、今度はとつぜん、北風がピューピューとふき、三人をおそいました。

「きゃー。」

エッちゃんのかみの毛はあっちこっちにまい上がり、まるでおにばばのようです。こんなふぶきじゃ、一歩だって歩けないでしょう。

「こんばんは、開けてください。」

エッちゃんは、ガラス戸をドンドンとたたきました。でも、戸はぴったりとしまったままです。

さむがりやのジンは、とうとうがまんできなくなって、エッちゃんのうでにとびこみました。

それを見たカメレオンは、

「なさけない。」

と、つぶやきました。

でも、戸はしまったまま。開く様子《ようす》はありません。少しすると、カメレオンも、エッちゃんのうでにとびこみました。

「がまんのげんかいだ。」

「二人《ふたり》とも何よ。なさけないったらありゃしない。」

エッちゃんはせなかをまるめると、あきれかえっていいました。とにかく、開けてもらうしか

方法はありません。エッちゃんは全身の力をふりしぼって、

「おねがいです。ひとばんだけ、とめてください。」

と、かん高い声をあげ、戸がこわれそうなほどたたきました。

　次のしゅん間、げんかんの明かりがぽっとともり、ぴたりとしまっていた戸が開きました。

エッちゃんは、ごくんとつばをのみました。

「とうとう開いた！」

さむさをわすれ、戸の中をじっと見つめました。すると、中から、かみの長いおかみが雪のようなはだにまっ白い着物を着てあらわれました。

「お客さん、どこからです？」

「地球《ちきゅう》からきました。」

「地球《ちきゅう》？　地球《ちきゅう》なのね。」

というと、おかみの目が光りました。

「外はふぶいてるわ。とにかく中にお入りください。」

「ありがとう。」

エッちゃんは、ジンとカメレオンをだいて中に入りました。部屋《へや》の中はストーブがあかあかともえ、やかんから白い湯気《ゆげ》がゆらゆらとのぼっていました。

「もしかして、地球《ちきゅう》を知ってるの？」

とたずねると、おかみははっとして、

「ええ、まあ…。少しだけ。」

と、しどろもどろに答えました。

「もしかして、以前住んでいたことがあったりして…。」

エッちゃんはまさかと思ってたずねると、おかみは、こくんと首をふりました。

「ほんの少しなのよ。ゆっくりおくつろぎくださいませ。」

くださいました。ゆっくりおくつろぎくださいませ。そんなことより、つるやホテルに、ようこそおいで
「何かわけがありそうね。よかったら、お話ししてくださらない？　しょうかいがおくれたけど、
あたし、人間界でしゅぎょう中の魔女《まじょ》なの。」

エッちゃんがいうと、ジンは、

「おっちょこちょいの魔女《まじょ》なんだ。ぼくは、いつもひやひやしてる。」

というと、エッちゃんのうでの中からとび出しました。

「あなた、魔女《まじょ》さんなんだ。魔女《まじょ》さんのことは、うわさで聞いたことがあるけれど、こうして目の前で会うのは初めてよ。そう、あなたが…。わたし、魔女《まじょ》は悪魔《あくま》の女と書くから、もっとこわい感じがすると思ってた。あなた、とってもかわいいわ。魔女《まじょ》さんにならわたしのひみつを話せそうな気がする。」

おかみはエッちゃんを見つめると、立ち上がって、

「体がひえたでしょう。今、あったかいスープをいれるわね。」

というと、キッチンにきえました。

「かわいいなんて…。」

エッちゃんは、てれていいました。

　少しすると、おかみは、湯気《ゆげ》のたったスープを手にもどってきました。

「おいしそう。いただきます。」

エッちゃんとカメレオンは、フーフーふきながら一気《いっき》にのみました。体がぽかぽかとあったまってきました。でも、ねこじたのジンは、まださましています。

「わたし、地球《ちきゅう》でけっこんして、楽しい日々《ひび》を送っていました。じつは、わたしの夫がいるのです。」

ここまでいうと、おかみのひとみに、チロチロと水のようなものがわき上がってきました。顔をあげると、こみあげてくるなみだを必死にこらえようとしました。そして、後ろを向くと目頭をハンカチでおさえ、

「ああ、ごめんなさい。話はこれで終わり。せっかくおとまりに来てくださったのに、しめっぽくさせちゃったわね。」

といって、部屋《へや》に案内《あんない》してくれました。

部屋《へや》のまん中には、雪のように白いベッドがありました。三人は、きょうそうするようにベッドにとびこみました。

「ワーイ、ワーイ、ワーイ!」

かんせいをあげると、三人は、次々《つぎつぎ》とふとんの海にしずみました。

ふとんは、やわらかな鳥のはねでできていたのです。三人は、そのまま、朝までぐっすりとねむりました。

次の朝、目がさめると、雪はやんでいました。それどころか、きのうふりつもったはずの雪は、少しものこっていません。

エッちゃんがいいました。

「あたし、ゆめを見たわ。一わのつるがはたをおっているの。そのつるっていうのが、ここのホ

テルのおかみなの。」

ジンがいいました。

「ぼくもゆめを見た。地球《ちきゅう》にいるご主人が、開けてはいけない部屋《へや》をのぞいてしまったんだ。」

カメレオンがいいました。

「おいらもゆめを見た。やくそくをやぶったから、二人《ふたり》は永遠《えいえん》のわかれとなった。」

三人は顔を見合わせました。

「てことは…、あのおかみの正体《しょうたい》はつるだ！」

ジンがさけびました。

「だから。このホテルが『つるや』っていう名前《なまえ》なんだ。」

カメレオンがかん心していいました。

「地球《ちきゅう》にいるご主人に、ここを教えてあげたいけど、一体、どこのだれなんだろう。」

エッちゃんがいうと、ジンは、

「いや、二人《ふたり》は、永遠《えいえん》に会ってはいけない運命なんだ。」

と、悲しそうにいいました。

　つるやホテルをでると、カメレオンがひたいにしわをよせていいました。

「く・る・し・い。」

エッちゃんがおさらをのぞきこむと、

「しまった！　水がまったくないわ。」

とさけびました。

　カメレオンはいしきをうしなうと、あおむけになって目をとじました。

エッちゃんは、ポケットから四角いはこをとりだすと、すばやくボタンをおしました。指の下には、口をあんぐりあけた『オオカミ男』がほえていました。

キャロット色した液体《えきたい》がふきだして、すぐに、コップをみたしました。エッちゃんはカメレオンのそばにかけよると、だきおこしていきおいよく液体《えきたい》を注《そそ》ぎました。

カメレオンのおさらに、キャロット色の液体《えきたい》がそそがれると、

「気分はぜっこうちょう。」

といって、立ち上がりました。

「やれやれ。」

エッちゃんは、ほっとするとおなかがグリュルルーンとなりました。

「そうだ、おかみがもたせてくれたおむすびを食べましょう。」

レモンの実の入ったおむすびを食べると、さわやかな気分になりました。おなかがいっぱいになると、さっそく電車にのりこみました。


「あまだれ電車、しゅっぱーつ!」

カメレオンの声は、レモンのあまずっぱい朝風とともにくうこうの空高くひびきわたりました。

「レモンちゃん、さようなら。あたし、やくそくを大切《たいせつ》にするわ。」

エッちゃんがつぶやいた時、リンリンリンと音がしてあまだれ電車は空にうきました。

下界《げかい》には、大きなレモンの木が見えました。エッちゃんはまどを開けると、大きく手をふりました。さて、レモンちゃんは、気づいたでしょうか?

やがて、サーモンピンクの星につきました。サーモンピンクの正体《しょうたい》は、ヤマザクラの木。ほっほっとかわいい顔でほほえみ、あまいかおりをただよわせていました。いつのころからか、ピンクの服を着たシジュウカラやエナガの親子がすみつき、いい声でないていました。

そこは、毛むくじゃら『オオカミ男の星』でした。オオカミ男は、兄弟三人でなかよくくらしていました。

長男の名前は『トン』、次男の名前は『チン』、三男の名前は『カン』。三人あわせて『トンチンカン』といいました。へんな名前でしょう？　大学の先生をしていたパパは、

「この名前は、ちょっとな…。」

と、しぶったのですが、おっちょこちょいのママが、三人をいっしょによぶのに、

「これなら、ぜったいにまちがえないわ。」

と、いってつけたのです。

ある日、オオカミ男のパパとママは、一番下の子が一歳《さい》になると、

「ぼくたちは宇宙旅行《うちゅうりょこう》に出かける。三人で、力をあわせて生活するんだよ。」

といって旅だちました。

パパとママは、自分たちがいると、いつまでたってもあまえるので、思い切ってはなれようと決意したのです。ママは、

「まだ、小さいわ。もう少したってからの方がいいんじゃないかしら？」

というと、パパは、

「親ばなれは、小さい時の方がいい。どちらかというと、親の方が心配していつまでたってもはなれられない。子どもたちは、親がいなければいないで、何とかやるものさ。二、三年なんて

すぐにたつ。わしだって、一歳《さい》の時に親とはなれた。」

といって、きめたのです。

　ところが、パパとママは、なかなかもどりませんでした。二、三年のつもりが、今年でちょうど十二年がたとうとしていました。旅行があんまり楽しかったので、ついついむちゅうになってしまったのです。

　広い丘で、トンチンカンの生活が始まりました。オオカミ男の仕事は、ふもとにあった『こわい町』のおばけやしきで、子どもや大人《おとな》をおどかすことでした。つとめて、もう七年です。ごほうびは、なんと大こうぶつのさくらもち。お客さんが、

「こわい！」

とさけんだおどろきの数だけ、さくらもちがもらえるのです。オオカミ男の兄弟は、かせぎをふやそうと、ひまさえあればおどかす練習をしていました。

　近くの湖に行き、自分の顔をうつしては、こわい顔の研究《けんきゅう》をしました。そのかいあり、日に日に、やさしそうな顔が、こわーい顔にへんしんしていきました。カンは、始めのころ、まだ見なれない自分の顔におどろいて、泣いたこともありました。


　エッちゃんは、ふもとに立っていたむらさき色の、どはでな小屋を見つけると、

「何かしら？　行ってみましょう。」

といって、かけつけました。入り口では、うけつけ係のおじいさんが、

「お客さん、この星ではあまり見かけませんが、旅行中ですか？　どうぞお入りください。ここのおばけやしきは、こわいことまちがいなし。なんてったって、つくりものではないほんもの

のおばけたちがせいぞろいしてるんですからね。ぜったい、そんなことはさせません。そのしょうこに、こわくなかったら、代金はお返しします。」

といって、せんでんしました。

「おもしろそう。入ってみようか？」

ジンが大のり気でいうと、エッちゃんは、

「ほんもののおばけよ、ジン。そんなものが出てきたらたいへん！　こしがぬけちゃうわ。」

といって、もう反対しました。

「おいらは、入るよ。ほんもののおばけに会ってみたいんだ。地球《ちきゅう》のおばけやしきは、つくりものばかり。こんな経験《けいけん》は、したくってもできないからね。」

カメレオンはひとみをかがやかせ、きたいにむねをふくらませていいました。

「二枚。」

ジンがうけつけ係のおじいさんにいうと、エッちゃんはあわてて、

「三枚。」

と言い直しました。知らない星に、たった一人《ひとり》でまつのも、こわかったのです。

「まったく、ゆうじゅうふだんなんだから…。」

ジンが、エッちゃんに聞こえないようにつぶやきました。おじいさんが手まねきして、

「さあ、どうぞ！」

というと、ライオンがほえました。きばをむきだしにした口に、今にものみこまれそうです。

「きゃー！」

エッちゃんはひめいをあげました。

「おいおい、よく見てごらん? これは、ただの絵だよ。」

ジンは、とびらを指さしていいました。入り口のとびらにライオンの絵がかいてあって、それが開いただけだったのです。

「エッちゃんは、まん中がいい。こわいと思ってるから、何でもほんものに見える。おいらが、先に行こう。」

というと、カメレオンは、先頭に立って歩き出しました。

くらやみに入ると、ひんやりとしました。そこは、どうくつでした。コウモリがパタパタとび、岩の間から血の色をした水がしみだしていました。遠くから、ぽくぽくという音に合わせお経《きょう》が聞こえます。

エッちゃんは、耳をふさぎました。聞こえなければ、こわくないと思ったのです。ところが、ふさげばふさぐほどこわさはましました。カの羽音《はおと》のような小さな音にさえびんかんになって、心にひびいてくるのです。

ほんとうは、にげだしたかったのですが、こわくって前にも後ろにもかけだすことができません。エッちゃんは、耳をおさえ、ただ、下をむいたまま、一歩ずつ足を出しました。それが、せいいっぱいだったのです。何度、入ったことをこうかいしたでしょう。

トンは十五歳《さい》、チンは十四歳《さい》、カンは十三歳《さい》になっていました。おきょうの次こそが、オオカミ男の出番でした。

まず、トンです。三人の前に立ちはだかり、

「ガオー、ガオー、ガオー!」

っと、ほえました。先頭を歩いていたカメレオンは、目をむきだしにして、

「こわい！」

とさけぶと、二、三歩あとずさりしました。

それにおどろいたエッちゃんは、やっぱり、

「こわい！」

とさけび、しりもちをつきました。ジンは、二人《ふたり》の声におどろき、しっぽをぴんと立てると、
やっぱり、

「こわい！」

とさけび、後ろにかけだしました。

「やったぞ、さくらもち三個ゲットだ。」

トンがうれしそうにいいました。

　次は、チンです。三人の前に立ちはだかり、

「ガオー、ガオー！」

っと、ほえました。先頭を歩いていたカメレオンはふいうちをくわされると、やっぱり、

「こわい！」

とさけび、一歩あとずさりしました。それにおどろいたエッちゃんは、やっぱり、

「こわい！」

とさけび、しりもちをつきました。ジンは、もどってきたばかりだったので、

「なんだ、またか。」

と、おちついていました。

「さくらもち二個ゲットだ。」

チンがうれしそうにいいました。

最後はカンです。三人の前に立ちはだかり、

「ガオー！」

っと、ほえました。先頭を歩いていたカメレオンは三度目なので、

「えへへっ、もうこわくない。」

といって、力こぶを見せました。すると、初めてカッパを見たカンは、

「こわい！」

とさけび、反対ににげだしてしまいました。

エッちゃんは、その様子を見て、

「なんだかかわいいおばけね。にげだすなんて…。」

といって笑《わら》いました。ジンは、自分のことはたなにあげて、

「こわがりなところ、あんたに、よくにている。」

といいました。

「カンのやつ、またしくじって、さくらもちが一個ももらえないよ。」

チンがいいました。

「ああ、いつまでたっても、成長しない。こまったものだ。」

トンがいいました。

おばけやしきを出る時、エッちゃんはぐったりしていました。いろんなおばけが、次々《つぎつぎ》と出てきておどかすたびに黄色い声をあげたので、つかれてしまったのです。カメレオンもジンも、

同じでした。

係のおじいさんが、

「どう、こわかったかい?」

とたずねても、三人は何も答えず、ただぶるぶるとふるえていました。まだ、よいんがのこっていたのです。

「返事は、イエスだな。代金は、もらっておくよ。」

とはりのある声でいいました。


とぼとぼ歩いていると、みずうみのそばに、オオカミ男がこしをおろしているのが見えました。

「さっきのおばけだ。」

ジンがまっ先に気づいていいました。

「行ってみましょう。」

エッちゃんがいうと、カメレオンが、

「おいおい、こわくないのかい? もしかしたら、食べられるかもしれないんだよ。何てったって、あいてはほんもののおばけだ。」

と、心ぱいそうにいいました。

「カメレオンたら、意外《いがい》に気が小さいのね。」

エッちゃんにいわれると、カメレオンは、

「だって、さっきのは、ちゃんとしたおばけやしきだったもの。人をにて食べたりはしない。だけど、今度はちがう。大自然の中だ。どんなひどいことが起こっても、ふしぎじゃない。」

と、おどおどしていいました。

「なあんだ。そんなことだったの。あれは、さっきにげだしたオオカミ男よ。よけいな心ぱいはいらないわ。そんなことより、あたし、友だちになりたいの。」

というと、かけだしていきました。

「やれやれ。こまったものだ。」

ジンとカメレオンは、後からついていきました。

カンは、しょんぼりと、みずうみに顔をうつしていました。

「元気がないけど、どうしたの？」

エッちゃんが声をかけました。

「君は、さっきおばけやしきで会った？」

カンは、エッちゃんのとんがりぼうしをかすかにおぼえていたのです。

「そうよ。あなた、カメレオンを見てにげだしたでしょう。おどかすはずのおばけなのに、にげだすなんて…。あたし、あなたのことが、ひと目で気にいったわ。だって、あたしとよくにてるんだもの。」

「ぼくが君とにてる？　いったい、君は何者だい？」

カンは、目をぱちくりさせてたずねました。

「あたし？　あたしは、地球《ちきゅう》からやってきた魔女《まじょ》なの。」

「魔女《まじょ》？　こいつはすごい！　魔女《まじょ》を見るのは初めてだ。どうりで、人間のにおいがしないと思ったよ。ぼくはオオカミ男で、名前《なまえ》はカン。三人兄弟のすえっこさ。」

「あなた、さっき、とっても悲しそうな顔をしてた。」

「ぼくは、おばけとしてのしかくがないんだ。おどかすのが仕事なのに、いつも、にげだしてしまう。何度、練習しても失敗ばかり。このままじゃ、オオカミ男しっかくだ。生きていてもしかたないって思っていたところさ。」

「ばかなことをいっちゃいけないわ。あなたは、やさしすぎるのよ。生きていてもしかたない人など、この世に存在《そんざい》しない。一人《ひとり》ひとり、何らかの使命をもって生まれてくるの。必要のない人などいてたまるものですか。あたしは、そう信じて生きてきた。」

エッちゃんは、きっぱりといいきりました。

「そうかなあ。ぼくには、にげるおばけが必要だなんて思えない。だって、何の役にも立たないもの。」

カンは、首をひねっていいました。

「おばけって、いっぱんてきにこわいってイメージがあるでしょう。職業《しょくぎょう》がら、やさしい性格より、ざんこくな性格の方がむいているのかもしれない。だけど、よく考えてみて。イメージっていうのは、人間たちが作り出したたわごとなのよ。そんなものにふりまわされちゃいけないわ。そりゃあ、おばけのほとんどはこわいものかもしれない。だけど、中には、こわくないおばけがいたっていいじゃない。ものごとには、かならず、例外《れいがい》っていうのがある。だから、楽しいんじゃない。みんな同じじゃつまらないもの。おそらく、みんなちがってみんないいのよ。」

「やっぱりよくわからない。ぼくって頭も悪いのかなあ。」

カンは、首をひねっていいました。

「ざんねんだわ。うーん。」

エッちゃんはしばし考えていましたが、とつぜん手をたたきました。

「そうよ！　きっとそうにちがいない。カン、あなたは、天使なのよ。」

「天使？」

カンは、すっとんきょうな声をあげました。

「そう、世の中に、いろいろのおばけがいるって教えてくれる天使。カン、これなら、わかるでしょう？　それにね、やさしいってことは、だれにもまねできるものじゃない。うつくしくて尊《とうと》いものよ。」

エッちゃんは、こうふんしていいました。

「おばけのぼくが、天使だなんて…。」

カンは、まだ信じられません。

「そういうわけ。カンの存在《そんざい》は、この星すべてのものに、生きる希望《きぼう》をあたえてる。万物《ばんぶつ》に、ほのかな『めぐみのシャワー』をかけているってわけ。」

エッちゃんがいい終えると、カンは笑顔《えがお》になって、

「魔女《まじょ》さんは、ほんとうにすごい魔女《まじょ》だよ。だって、おちこんでいたぼくにパワーをくれた。そればかりじゃないさ。話を聞いていたら、ぼくは、だれよりもすてきなおばけなんだって思えてきたんだ。」

と、いいました。

「カンたら、ほめてくれてありがとう。じつは、あたし、魔女《まじょ》のおちこぼれなの。さいのうもないし。どうしようかと、なやんでたの。だけど、ほめてもらったら、あたしってすごい魔女《まじょ》じゃないかしらって思えてきた。」

エッちゃんが、にこにこしていいました。

「魔女《まじょ》さんもなやんでたなんて…。ごめん。ぼく、ちっとも知らなかった。だって、こんなに明るいんだもの。」

カンは、もうしわけなさそうにいいました。

「考えてることまで、見えないもの。しかたないわ。話してみないと、わからないことって意外《いがい》に多いものよ。」

エッちゃんが、ぽつんとつぶやきました。

その時です。せいの低いオオカミ男が、そばによってきました。エッちゃんがおどろいて、

「あ、あ、あなた、だれ？」

と、さけびました。

「だれって？　ふざけないでくれよ。ぼくはカメレオンじゃないか。」

「そういえば、せかっこうがぴったり。手足には水かきもあるわ。だけど、一体どうしたっていうの？　うでには、ぽっぽっと黒い毛がはえてるし、顔は…。まさか、オオカミのふくめんでもかぶってるの？」

エッちゃんが、ちんぷんかんぷんの顔でいいました。カメレオンは、

「ぼくがオオカミ？」

とさけぶと、自分の顔を手でなで回しました。いつの間にか、毛むくじゃらです。つきでた口の先には、ピンとはったひげがついていました。

「どうしたことだ。オオカミになっている。」

というと、あたりをぐるぐる回りました。

おどろきで、どうしていいかわからなくなったのです。やがて、つかれきってとまると、

「ぼくに弟《おとうと》ができた。」

カンが、顔をほころばせていいました。

「カン、もしかして、このおさらの水にみおぼえはない？」

そばで、ずっと話を聞いていたジンが、たずねました。

「これは、ぼくたちののみ水じゃないか。ほら、このみずうみの水さ。」

と目の前をゆびさしました。

みずうみは、お日さまの光をあび、キャロット色のかがやきをはなっていました。

「へえーっ、これが、のみ水なんだ。元気が出そうな色ね。」

エッちゃんは、目をほそめました。

「これをのめば、りっぱなおばけになるんだって…。パパとママがくちぐせのようにいってたらしいよ。いつだったか、お兄《にい》ちゃんが教えてくれた。」

「りっぱなおばけって？」

エッちゃんが、きょうみしんしんの顔でたずねました。

「つまりさ、おどかすのが、じょうずなおばけってこと。ぼくは、この水を毎日、三リットルくらいのんでるんだ。だけど、うまくいかない。ほんとうにきくのかな？」

カンは、首をひねっていいました。

そこへ、トンとチンが息《いき》をハーハーさせてやってきました。トンは、

「カン、ここにいたのか。ああ、よかった。これを食べな。おなかがすいただろう。」

といって、自分がもらったごほうびのさくらもちを三つさしだしました。すると、カンは、

「トン兄《にい》ちゃん、ありがとう。」

といって、ひとつだけ手にとりました。

「心ぱいしたんだぞ。あっちこっちさがしたよ。これからは、行き先をいってから出かけてくれよ。トン兄《にい》さんは、三人でいっしょにさくらもちを食べようといって、ひとつもたべなかったんだぞ。ぼくは、全部たべちゃったけどね。えへへっ。」

チンは、かたでいきをしながらいいました。

「トン兄《にい》ちゃん、チン兄《にい》ちゃん、心ぱいかけてごめんなさい。今度から、行き先をいってから出かけるよ。」

というと、カンは、さくらもちにかじりつきました。しょっぱい味がしました。

「あのね、この方は魔女《まじょ》さんなんだ。さっき、お友だちになったばかり。」

カンがしょうかいすると、トンは、

「魔女《まじょ》さんたちも、おひとつどうぞ。とってもおいしいんだ。」

といって、さくらもちをすすめました。エッちゃんは、笑顔《えがお》になって、

「ありがとう。」

というと、さくらもちをひとつうけとりました。小さくちぎってカメレオンとジンにわけました。トンは、のこりのひとつを三つにちぎると、

「トンチンカン、ぼくたちは、どんなことがあっても三人いっしょ。パパとママが、兄弟《きょうだい》で力を合わせて生きるようにとつけてくれた名前《なまえ》だ。だれが欠《か》けても、ぼくたちは暗いまま。明かりはともらない。三人いっしょで、ようやくかがやき出すんだ。だから、チン、カン、なやみがあったら一人《ひとり》でなやまないで、そうだんするんだぞ。いっしょにかいけつしていこう。兄《にい》ちゃんも、こまったことがあったら、そうだんするからね。」

といって、チンとカンにわたしました。
チンとカンは、こくんとうなずきました。

さて、ここで問題です。

オオカミ男たちが毎日飲んでいるみずうみの水とは、一体何でしょう?

この液体《えきたい》をのむと、りっぱなおばけになります。かんたんにいうと、おどかすのが上手《じょうず》になるのです。

このがのみものとは、いったい何でしょう。わかっていることは、ひとつ。液体《えきたい》がキャロット色をしているということだけです。

これじゃ、わかるはずがありません。ここで、おまちかねのヒントを出しましょう。その液体《えきたい》は、キャロット、つまりにんじんのすりおろしたしるにあるものを三つまぜます。その三つをあててください。

ヒント1　ひとつは、ある木の実です。実はキャロット色でぐみににています。その木は、ざんねんながら、まだ地球《ちきゅう》にはありません。

『○○○木』です。木の名前《なまえ》は、三文字。このことばは、この液体《えきたい》の効果《こうか》にかんけいがあります。

ヒント2　もうひとつは、みちばたにはえている草の花粉です。『〇〇〇のまご』。〇の中には、ある動物の名前《なまえ》が入ります。だますのが得意な動物です。
ヒント3　最後は、ちょっとむずかしいかもしれません。夏のばん、おはかの近くに出ます。『〇の玉』です。人間たちは、これがでるとひめいをあげます。あみでとろうとしても、すっとぬけてしまうので、今まで、だれもとったことはありません。

せいかいは、『おどろ木』と『きつねのまご』と『火の玉』でした。オオカミ男たちは、おどろ木の実と、きつねのまごの花粉と、熱い火の玉をにんじんのしるにまぜたものをのんでいたのです。

みずうみのまわりには、それはりっぱなおどろ木の木が生えており、秋になると水面にたくさんの木の実をおとしました。また、みずうみのほとりには、きつねのまごが生えており、風にふかれると花粉がとびました。

そして、このみずうみには、なんと、この星のいのちである『火の玉』がすんでおり、この星のゆくえをじっと観察《かんさつ》していたのです。

この液体《えきたい》は、全て自然の力でできていましたので、やっかいなことは、何ひとつありませんでした。秋になると木の実がおち、風がふくと花粉がとぶというのは、自然の成りゆきです。そして、ものには、かならず、命があります。そのいのちが火の玉となって、そこに存在《そんざい》していた。ただ、それだけのことだったのです。

そして、ぐうぜんにもこの材料が出合った時、おどろかすパワーが生まれたのです。

もしかしたら、『ぐうぜんは、運命』なのかもしれません。

さて、オオカミ男の三男、カンは、その後どうなっていたでしょう？

実は、『お化けやしき一の人気者』になっていたのです。にげ出すおばけなんて、めったにいないでしょう。このうわさを聞きつけて、たくさんの人が、このおばけやしきにやってきました。おかげで、大はんじょう。宇宙《うちゅう》旅行で、他の星からきた人もいるほどでした。

うけつけ係のおじいさんは、にこにこしていいました。

「カンや、お前にはさくらもちを百個！」

ある星で、このうわさを耳にしたパパとママは、宇宙《うちゅう》旅行からあわててもどってきました。兄弟《きょうだい》の成長に目を丸《まる》くしたのは、いうまでもありません。

14　人魚の星

オオカミ男のくうこうホテルは、おばけやしきでした。夜、八時になると、かんばんがうらがえって、『おばけちゃんホテル』になるのです。

この時間になると、仕事を終えたおばけたちは、まっすぐ家へ帰ります。なぜかって？

おなかがぺこぺこになり、立っていられなくなるからです。おどかすのって、そうとうのパワーがいるのです。

ほんもののおばけたちは、お客さんの年れいや性別《せいべつ》、こわがりの度合いによりこわさをかげんしたり、季節により出方を工夫《くふう》したり、けっこう気もつかいます。そんなわけで、夜はからっぽです。

それに気づいたうけつけ係のおじいさんは、

「もったいないので、夜はホテルにしよう。」

といってきめたのです。

ところが、旅行者たちは、気味悪がってだれひとりとまる者はいません。いくらおそくなっても、ここでは一泊《いっぱく》もせず、他の星へとびたっていくのでした。というわけで、ここのホテルを使うのは、エッちゃんたちが初めてでした。

食事は、もちろん、『おばけちゃんフルコース』です。うできのシェフが、お客さんだい一号を記念《きねん》してふんぱつしてくれたのです。

ところで、おばけは、ほんとうに出てこなかったかって？　それは、みなさんのごそうぞうにおまかせします。なんといっても、名前《なまえ》はおばけちゃんホテルですからね。つかれ知らずのおばけが、十や二十くらいいたかもしれません。

朝になりました。でも、三人ともぐっすりねむったままです。ここのホテルにはまどがないので、お日さまの光が入りません。このままでは、おそらく、あと二、三時間はねむり続けるでしょう。ところが、そうなりませんでした。

とつぜん、カメレオンが、エッちゃんのおなかにたおれこんだのです。

「ののどが、かかかからからだ。」

と、かすれた声でいいました。

エッちゃんはあわててカメレオンをだきかかえると、いちもくさんにおばけやしきをとび出しました。外に出て、おさらをのぞきこむと、

「やっぱり。」

とさけびました。カメレオンは、青い顔をしてうなだれています。

エッちゃんは、ポケットから四角いはこをとりだすと、のこりのひとつ、『人魚』のボタンを力いっぱいおしました。

「これがおばけ？　ぜんぜんこわくない。それどころか、反対にかわいいじゃない。」

るり色の液体《えきたい》がふきだして、すぐに、コップをみたしました。エッちゃんはカメレオンのそばにかけよると、だきおこしていきおいよく液体《えきたい》を注《そそ》ぎました。

「カメレオン、最後の旅よ。さあ、元気を出して！」

ひとりごとをいいました。

カメレオンのおさらに、るり色の液体《えきたい》が注《そそ》がれると、

「おいら、ついさっきまで、海の中でゆらゆらゆれていた。」

といって、立ち上がりました。

「海の中？　カメレオンたら、おばけやしきのまちがいでしょ。」

エッちゃんは、大笑《わら》いしました。そこへ、ようやく目をさましたジンが、のこのこやってきて、

「二人《ふたり》とも早いな。おこしてくれたらよかったのに…。」

と、いいました。

せなかには、『おばけちゃんずし』が三つぶら下がっていました。ホテルのシェフが、とつぜんとび出していったお客さんのために、気をつかいもたせてくれたのです。

「いただきます。」

おべんとうのふたをあけると、すしめしの上に、たまごやきゅうり、えびやまぐろで、オオカミ男の兄弟《きょうだい》の絵がかかれていました。

「すてき！　食べるのが、もったいないわね。」

「ああ。」

「ほんとうだ。」

といいながら、三人は、ぺろっとたいらげてしまいました。顔色がよくなったカメレオンは、

「とうとう、最後の旅だ。」

というと、いきおいよく電車にのりこみました。

「あまだれ電車、しゅっぱーつ！」

カメレオンの声は、ぬけるような青空の中へときえていきました。シジュウカラのコーラスたいが、送別の歌をうたってくれました。曲の名は『さわやかなわかれ』でした。「トンチンカン、さようなら。これからも、三人で力を合わせて生活してね。あたしも、あいぼうを大切《たいせつ》にするわ。そして、カン、何よりも自分に自信をもって！　あなたの使命《しめい》を果たすようはげんでね。あたしも生きる価値《かち》を見つけ、自分にかせられた使命《しめい》を生きぬいてみせる。」

エッちゃんがつぶやいた時、リンリンリンと音がしてあまだれ電車は空にうきました。

下界《げかい》には、キャロット色のみずうみが光って見えました。

やがて、サックスブルーの星につきました。星全体が広い海です。着地したのは、おおきな船のデッキでした。エッちゃんが、

「きれいね。こんな星は初めてだわ。だけど、こまったな。あたし泳げない。」

というと、ジンも大きくうなずいて、

「ああ、ぼくもだ。」

と、いいました。カメレオンだけが、

「おいらは、泳ぎの名人だ。」

と、自信まんまんにいいました。

「おねがい、カメレオン、あたしたちをせなかにのせて！」

エッちゃんが、りょう手を合わせておねがいすると、カメレオンは、

「じょうだんはやめてくれ！　おいらをころす気かい？　二人《ふたり》がのったら、重くて泳げないよ。」

と、手足をばたつかせていいました。

「それもそうね…。」

エッちゃんは、がっくりとかたをおとしました。


そこは、『人魚の星』でした。海には、なんとまぼろしの人魚がすんでいたのです。人魚といえば、みなさんもよくごぞんじ。そう、人間と魚が合わさった生物です。

おとぎ話によく出てくるのは、上半身が人間で、下半身が魚の女せいです。男せいの人魚なんて、めったにというより、ほとんど聞いたことがありませんよね。

ところがどっこい、ここに住んでいたのは、わかい男女の人魚でした。人魚にとって、海は

パラダイス。二人《ふたり》は、いつも手をとり合ってひれをうごかしました。

さて、ここは船の上。ずーっとどこまでも青い海が広がっていました。海の他《ほか》には何もありません。エッちゃんは、大きくいきをすいこむと、デッキの上にごろんとねっころがりました。

スカイブルーの空に、白い鳥のむれがパタパタとんでいくのが見えました。目をとじると、しおのかおりがして、鼻がむずむずしました。しばらくすると、エッちゃんは大きなくしゃみをひとつすると、鳥たちがおどろいてふりかえりました。今度はうつらうつらねむくなってきました。それも、そのはず。船は、まるでゆりかごのように心地よくゆれていたのです。

やがて、ほんかくてきなねむりにつこうとしたしゅん間、エッちゃんの顔に、ピシャッと水しぶきがかかりました。

「きゃー!」

エッちゃんのひめいは、はるか遠くおきの先まで聞こえました。

あわてておき上がってみると、目の前に、金色のかみの長い人魚がすわっているではありませんか。ハイビスカスのかみかざりと、おそろいのイヤリングが、とてもよくにあっています。

あしのかわりに、銀色の大きなひれを横たえじっとこちらを見つめています。エッちゃんは目をぱちくりさせると、

「これって、もしかしたらゆめ?　そうよ。まぼろしにちがいないわ。この世に、人魚などいるはずがないもの。」

とひとりごとをいいました。ためしに、

「ハロー!」

っと、声をかけてみました。よそう通り、返事はありません。

「思ったとおり、やっぱりまぼろしだわ。」

エッちゃんは、ほっとしてむねをなでおろしました。

その時です。海にのこぎりのような白い波ができたかと思うと、こちらに近づいてくるではありませんか。波間《なみま》に、金色のおびれが見えます。ゴールデンクジラでしょうか。それとも、コバンザメでしょうか？

とにかく、その生物は船までくると、あっという間にデッキにかけ上がりました。そして、かみの長い人魚にむかって、

「君は泳ぎがうまい。ぼくの負けだ。」

といってほほえみました。どうやら、この二人《ふたり》は、きょうそうをしていたようです。

やがて、エッちゃんたちを見つけると、

「ハーイ！　ぼくたちの家にようこそ。遊びにきてくださってありがとう。」

といいました。

目の前に立っていたのは、なんとわかものの人魚です。チョコレート色のしまった体に、まばゆいばかりのひれがついていました。

「もしかして、ほんものの人魚？」

エッちゃんはとつぜん頭の中がまっ白になり、むねがどっきんどっきんして苦しくなりました。

「おそらく、ほ・ん・も・の・の人魚だ。まぼろしなんかじゃない。ふれようと思えばふれることができる、わずか数センチ先にいる。」

ジンがしずかにいいました。エッちゃんとジンの会話を聞いていたわかものの人魚は、にこにこして口を開きました。

「ねこさんのいう通り。わたしたちはほんものの人魚です。決《けっ》して、まぼろしなどではございません。そのしょうこに、ほら、さわってみてください。」

というと、金色のおびれを前にさし出しました。

エッちゃんのゆびにふれると、金色のおびれはピクンと動きました。お日さまの光をあびると、いっそうかがやいて、エッちゃんはいっしゅん目をとじました。

「すてき！　ほんものの人魚だわ。」

「やっと、わかってくれましたね。とにかく、ぼくはうれしいのです。あなた方は、ぼくたちがけっこんして、はじめてのお客さま。どんなに、この日をまったことでしょう。」

わかものの人魚が、まんめんの笑《え》みをうかべていうと、となりにいたむすめの人魚がやさしくほほえみました。

そのしゅん間、むすめのほっぺにえくぼができました。なんと愛らしい笑顔《えがお》だったでしょう。

それを見たカメレオンは、心がキュンとなって、

「オー、チャーミング！　ぜひ、友だちになりたい。」

と思いました。

カメレオンが、こんな気持ちになったのは初めてでした。これを、『ひとめぼれ』というのかもしれません。カメレオンは、思い切って、たずねてみました。

「あ、あの、もしよかったら、お名前《なまえ》を教えてくださいませんか？　えっと、おいらの名前《なまえ》は、カメレオンていいます。仕事は、あまだれ電車のうんてん。地球《ちきゅう》の星から、はるばる魔女《まじょ》さんとジンくんをのせてやってまいりました。こ、ここ、今度、いっしょにのりませんか？　ご希《き》望《ぼう》のところ、どこへだって行きます。」

「…。」

むすめは、こまった顔をしてうつむいてしまいました。

「ごめん、いやだったらいいんだ。」

カメレオンが、あわてていいました。

「あははっ、ごめん。彼女《かのじょ》は、声がでないんだ。名前《なまえ》は、『えみこ』っていう。別に、いやなわけじゃない。そうだろう?」

わかものがいうと、むすめは、こくんとうなずきました。

「君たちは、地球《ちきゅう》からきたんだ。なつかしいなあ。」

「なつかしい?」

エッちゃんがたずねました。

「ああ、実は、ぼくも、以前地球《ちきゅう》にすんでいたんだよ。信じられないかもしれないけれど…。」

わかものは、はるか遠くを見つめました。空では、白い鳥のむれが、ブイの字をえがきながらせんかいしています。もしかしたら、聞き耳をたてているのかもしれません。

「そうだったの。てことは、地球《ちきゅう》の海にも人魚がいたってことね。そんなビッグニュース、だれも、知らなかった。」

エッちゃんがいいました。

「知るはずないよ。だって、ぼくは、地球《ちきゅう》にいた時はただの人間だった。」

「そんなばかな。何かのまちがいでしょう? 人魚のあなたが、人間だったなんて…。そんなにかんたんに、他の生き物に変身できるなんて思えない。」

エッちゃんが、おどろいていいました。

「かんたんじゃなかったさ。人魚になるために、ぼくは、大切《たいせつ》なものを失《うしな》った。だけど、ぼくは、それ以上に彼女《かのじょ》を愛《あい》してしまったんだ。」

そこまでいうと、むすめは、耳を赤くそめました。わかものは続けました。

「漁師《りょうし》をしていたぼくは、ある月夜のばん、イカをつりにでかけた。船の上でうとうとしていた時、波の間に金色のひれを見た。目をこらして見ていると、今度は美しいむすめのすがたが見えた。魚か？　それとも、むすめ？　ふたつがいっしょの生き物だなんて、その時、だれがそうぞうできただろう。ぼくは、ふしぎな光けいをたしかめるために、毎晩《まいばん》でかけた。というのは、口実で、実は、美しいむすめの姿《すがた》にひとめぼれをしてしまったんだ。あのころのぼくは、毎日が楽しかった。むすめの顔を見るだけでよかった。ところが、ある日、とつぜん悲しみがやってきた。それは、むすめが人魚だと知った時だった。涙《なみだ》がとめどなくあふれた。海にすむ人魚と人間は、永久にいっしょになれない。ぼくは、人間に生まれた運命をうらんだ。その日から、『どうか人魚にしてください。』と天にむかっていのる日が続いた。ちょうど百日たった時、天からこんな声がしたんだ。」

「どんな声だったの？」

エッちゃんが、まちきれずにいいました。

「その声っていうのは、こうだった。『ねがいをかなえる前に、ひとつだけしつ問がある。お前さんの一番大切《たいせつ》なものは何だい？』ぼくは、いっしゅん、とまどった。ぼくにとって一番大切《たいせつ》なものって何だろう？　考えに考えたすえ、『両親』だと答えた。すると、天から声がした。『ねがいをかなえてあげよう。ただし、お前さんの一番大切《たいせつ》なもの、つまり、両親とひきかえだ。一生、会えなくなるがそれでもいいかい？』ぼくは、気がくるいそうになった。両親と会えなくなるなんて…。だけど、こいこがれた人魚のことはわすれられなかった。ぼくは、人魚になることをえらんだ。『いいです。』と、首をたてにふった。あくる朝、目がさめると、足のかわりに金色のひれがついていた。ぼくは、思い切って人魚にプロポーズした。人魚は、こころよくオーケーしてくれた。どんなにうれしかったことだろう。気づいたら、この星にいた。ところが、ぼくが何もかもすてて人魚になったことを告《つ》げると、彼女《かのじょ》はショックで声を失《うしな》った。『ご両親に会えないなんて、あなたがかわいそう。』これが、彼女《かのじょ》の発した最後の言葉となった。ぼくは、地球《ちきゅう》にもどれないけど、えみちゃんと生きていてとってもしあわせだ。人魚になったことをこうかいしたことなど、一度だってないさ。ああ、だけど、ぼくがプロポーズさえしなければ、えみちゃんが声を失《うしな》うことはなかった。ぼくは、大好きなえみちゃんの声をうばってしまったんだ。どうにかして、もう一度声がでるようにしてあげたい。ひとめぼれした人魚というのは、このえみちゃんだったんだ。」

わかものは、さわやかなひょうじょうをしました。

「あなた、えみちゃんのことを、すっごく愛《あい》しているのね。あたしも、こんなれんあいがしたいな。」

エッちゃんが、うらやましそうにいうと、ジンが、

「まだまだ、あんたには百年早い。れんあいより、魔女《まじょ》しゅぎょうが大事。りっぱな魔女《まじょ》になれば、すてきなれんあいもできるってものさ。」

と、つぶやきました。

「おかげで、おいらは、失恋《しつれん》したよ。ところで、こいがたき君。まだ、君の名前《なまえ》を聞いてなかった。」

カメレオンが、さびしそうにいいました。

「ぼくがこいがたきだって？　それは一体、どんな意味《いみ》だい？」

わかものは、おどろいていいました。

「カメレオンたら、えみちゃんのことが気にいっちゃったみたいなの。」

エッちゃんが、小さな声でいいました。

「そうだったんだ。ぼくの名前《なまえ》は、和春《かずはる》というんだ。両親が、希望《きぼう》の春に生まれたことと、『家族みんなが、和をもってなかよくくらせるように…。』と願《ねが》ってつけてくれたんだ。いっしょに生活できなくたって、思いは同じ。ここから、両親の幸《しあわ》せをいのってる。」

その時です。とつぜん、

「か・ず・は・る・さ・ん。」

という声がしました。まぎれもない、えみちゃんの声でした。

「えみちゃん、ここ声が出てる！」

わかものがさけびました。何年ぶりに聞く声だったでしょう。

「う・れ・し・い。声がでた！」

えみちゃんが、のどに手をあてていいました。

「おめでとう。えみちゃん。」

エッちゃんがいいました。

「これで、和春《かずはる》君と、何でも話せるね。ちょっぴりくやしいけれど…。」

カメレオンがいいました。すると、えみちゃんはカメレオンの顔をじっと見つめて、

「カメレオンさん、世の中は広いのよ。あなたを必要とする人が、どこかでまってるわ。わたしなんかよりおにあいの人が、ぜったいにいる。だから、元気出してね。」

と、いいました。その時、ジンは、えみちゃんの姿《すがた》を一目見るなりはっとしました。

「もしかして…?」

首をかしげると、ジンは、えみちゃんに耳うちしました。

「そうなの。ジンさんてかんがいいのね。」

えみちゃんは、まっかになっていいました。

「ジン、何を話してたの? ないしょ話はよくないわ。」

エッちゃんがいいました。

「あのね。えみちゃんは、おめでたなんだって。予定日は、クリスマス。」

ジンがいうと、はくしゅがわきました。えみちゃんもわかものも、うれしそうでした。


しばらくすると、えみちゃんがいいました。

「そうだわ。和春《かずはる》さん、おいわいをしましょう。わたし、この星にお客さんがきてくれたら、パーティを開くのがゆめだったの。」

「いいね。」

わかものは、すぐにさんせいすると、船室《せんしつ》から、青色のびんとグラスをもってあらわれました。

「さあ、めしあがってください。これは、えみちゃんとくせいのブルーティーなんだ。」

「まるで、エーゲ海の深さ一万キロの色ね。しんぴてきだわ。」

エッちゃんは、こうふんぎみにいいました。エーゲ海なんて、よく知りもしないくせに、つい口をついて出たのです。以前、少しだけ見た写真集がのうりをかすめたのでした。

「魔女《まじょ》さんは、ぼくたちに幸《しあわ》せをはこんでくれた女神《めがみ》さまだ。」

わかものがいいました。

「女神《めがみ》さまだなんて、あたしは、何もやってないわ。」

といいながら、エッちゃんは、うれしそうです。

「えみちゃんの声を、出してくれたじゃないか。これが、最高のしあわせなんだ。」

わかものが、五つのグラスに液体《えきたい》をつぐと、それぞれるり色のかがやきを放《はな》ちました。

「かんぱーい!」

五つのグラスがひとつところにかたまると、キーンといい音がしました。

その音は、地球《ちきゅう》のわかものの両親の元にとどきました。それは、ちょうど、二人《ふたり》が星をながめている時でした。


ここは、地球《ちきゅう》です。あんまり星がきれいな晩《ばん》だったので、お母《かあ》さんが、

「父《とう》さん、若《わか》いころみたいに、いっしょに星でも見ませんか。」

といって、さそったのです。お母《かあ》さんは、星を見ていると、とつぜん、いなくなったむすこのことが思い出されてきました。

「あの子は、どこにいるのでしょう。元気でいればいいのだけれど。」

というと、声をつまらせました。

「そうだな。」

お父《とう》さんが答えた時でした。金色の星が空をながれて、山のかなたに消えました。

わかものの声が、二人《ふたり》の耳に確かに聞こえてきました。

「お父《とう》さん、お母《かあ》さん、とつぜんいなくなった親不孝《おやふこう》をおゆるしください。ぼくは、わけがあってサックスブルーの星でけっこんし、しあわせな生活を送っています。だから、心配しないで

ください。お父《とう》さん、お母《かあ》さんのことを、ぼくは一生わすれないでしょう。ぼくにとって、一番大切《たいせつ》な人だから……。心のどまん中にいて、会おうと思えば、いつだって会うことができます。きょりははなれていても、心はすぐとなりです。けんこうに気をつけ、長生きしてくださいね。」

わかものの声は、天からふってきました。もしかしたら、金色の流れ星がとどけてくれたのかもしれません。

「あなた、あの子が生きていた。この宇宙《うちゅう》のどこかにいるのね。ああ、ほんとうによかった。無《ぶ》事《じ》なことがわかって、ほっとしたわ。」

お母《かあ》さんが、なみだながらにいいました。

「ははは、そうだと思ったよ。あの子は意志《いし》の強い子だ。わけもなくとび出すわけがない。何か、かくたる考えがあって、とび出したんだ。あの子の幸せは、わしらの幸せ。いわってやろうじゃないか。和春《かずはる》や、わけがあって、帰ってこれんのだと思うが、これだけは守っておくれ。どんなことがあっても、わしらより、先に死ぬんじゃないぞ。それが子どものつとめ。かんたんだと笑《わら》うかもしれんが、これが最高の親孝行《おやこうこう》なんじゃ。なあ、母《かあ》さん。」

お父《とう》さんが、お母《かあ》さんのかたをだいていいました。

二人《ふたり》の目になみだが光り、やがて、こぼれおちると空の星になりました。少しすると、その星は、サックスブルーの星めがけてとんでいきました。

もしかしたら、わかものに、両親のメッセージをとどけに行ったのかもしれません。

船の上ではかんぱいが終わり、パーティが始まりました。エッちゃんがブルーティを一口のもうとした時、とつぜん、カメレオンが立ち上がって、

「何だか足がむずむずする。」

といいました。四人の視線《しせん》が、いっせいに、カメレオンの足に集中しました。見ると、右足の先が金色のひれにかわっています。

「たいへん！　かた足が人魚になってる。」

エッちゃんがさけびました。

「ちょっとちがう。カメレオンはカッパだから、カッパ魚っていうんじゃないか？」

ジンがいいました。

「あらまっ、いったいどういうことかしら。」

えみちゃんが、おどろいていいました。

「もしかして、あの水がげんいんかも。」

エッちゃんが、おさらの水を見ると、今まさにのんでいる、ブルーティーが入っていました。

「どうしてこんなにところに…。」

わかものは、首をかしげました。

さて、ここで問題です。

人魚たちが飲んでいるブルーティとは一体何でしょう？

この液体《えきたい》をのむと、足が消え、かわりに金色のひれがはえます。ひれがはえたらどうなるのかって？　もちろん、泳ぎがうまくなります。どんなかなづちの人も、大じょうぶ。すいすい泳げることまちがいありません。

それから、思いやりの心が育ちます。これは、液体《えきたい》のせいかどうかはわかりませんが、人魚の二人《ふたり》に共通することは、自分より相手を思いやる心が深いということです。しかし、もしかしたら、のまなくたって、思い合って生活していたのかもしれません。この問題については、どんな有名な科学者でも、解明《かいめい》できないところです。薬《くすり》と心の関係なんて、びみょうですものね。よって、さけたいと思います。

さて、前置きが長くなってしまいましたがこののみものとは、一体《いったい》何でしょう。わかっていることは、液体《えきたい》がるり色をしているということだけです。

わかった人はいるでしょうか？　これでわかったら、あなたはクイズの天才です。やっぱりいないようですね。

それでは、ここで、いつものヒントを出しましょう。その液体《えきたい》は、海の水にあるものをひとつだけまぜます。そのものをあててください。

ヒント1　あるものとは、◎◎◎ある○○○ザメのためいきです。

ヒント2　◎◎◎には、ある心が入ります。これがある人は、何でも、チャレンジします。

ヒント3　『○○○ザメ』これは、サメのしゅるいです。もしかしたら、大金持ちかもしれません。

せいかいは、『ゆう気』ある『こばんザメ』のためいきでした。人魚は、しんぴてきな海の水に、ゆう気あるこばんザメのためいきをまぜたものをのんでいたのです。

二人《ふたり》の間にうまれた子どもは、人間だったでしょうか？　それとも、人魚だったのでしょうか？　この星のゆくえは…？

気になるところです。

15　とうとう旅の終わり

「今日《きょう》が最後の日。そろそろ帰ってきても　いいころじゃリリィ。」

リラックスはうで時計を見ると、空をながめていいました。気のはやい一番星が、うす暗くなった空に姿をあらわしました。

エッちゃんたちのぼうけんは、七日間の

やくそくです。リラックスは、何をしても手につかず、ユリの花をうろうろしては空を見上げました。

「しかし、おそすぎる。何をしているんじゃろうリリィ？　おそろしい事件《じけん》にでも、まきこまれたかな？」

リラックスは、だんだん心配になってきました。空には、満天《まんてん》の星がかがやいています。

その時です。目の前に、とつぜん、あまだれ電車がとうちゃくしました。星があんまりかがやいていたので、空をとんでいたのは目に入らなかったようです。

「おっー、きたようじゃな。」

リラックスは、よろこびの声をあげました。

「ただいま！　リラックス。」

エッちゃんとジンが、ドアからとび出してきました。

「ぴったり一週間。おいらのうでもなかなかのものでしょ。」

カメレオンがじまん気にいいました。

「あんまりおそいから、もうあきらめて、休もうかと思っていたところじゃ。」

リラックスは、三人の元気そうな顔を見ると内心ほっとしたものの、よろこびをかくしていいました。

「ごめんなさい。これでもあわてて帰ってきたのよ。そういえば、あたしたち、夕飯も食べてないわ。」

エッちゃんがおなかをおさえていうと、ジンは目をまるくして、

「人魚の星で、お昼を山ほどごちそうになったじゃないか。もうおなかがすいたのかい？　まっ

たく、あんたはくいしんぼうなんだから…。」

と、あきれかえっていいました。

「そうだったわ。だけど、おなかがすいたんだもの。しかたないでしょう。」

エッちゃんが、ちょっぴりおこっていいました。おなかがすくと、おこりっぽくなるものです。

「まあまあ、ところで、エッちゃん、おいわいの旅はいかがじゃったかな?」

リラックスが、ひとみをかがやかせてたずねました。

「それはもう、ひとことじゃ、説明できないわ。とにかく最高だった。」

エッちゃんが、こうふん気味《ぎみ》に答えました。

「そうか、それはよかった。」

というと、リラックスのめじりのしわが、ふかくなりました。

「リラックス、この自動はんばいきは、おみごとだったわ。あたしの予想《よそう》をはるかにこえていた。何しろ、いく種類ものおばけちゃんジュースがたっぷりと入っていたの。初めて見た時は、さすがにおどろいた。」

エッちゃんは、こうふんを思い出していました。

「あははっ、おばけちゃんジュース? エッちゃん、うそじゃろうリリィ? わしをからかうつもりじゃな。あれを買ったのは、たしか火星のべんりやショップじゃったリリィ。よく見ないで買ったが、まさか、そんなジュースがあるはずないさ。だって、おばけなんてこわいものが、ジュースになるはずないじゃないかリリィ。」

リラックスは、まるで、信じようとしません。そこで、エッちゃんは、

「ほら、これを見て!」

といって、リラックスに四角いはこをわたしました。

　リラックスが手にとって見ると、スタートボタンには、こわい顔をしたおばけたちがならんでいます。

「ほ、ほ、ほ、ほんとうじゃ。うそじゃなかったんじゃなリリィ。ところで、このジュースはどんな味がしたんじゃ？」

リラックスの声は、こわさでふるえていました。

「あたしは飲んでないもの。味は、とんとわからない。カメレオンのおさらにジュースを入れると、そのおばけたちがいる星についたの。リラックスがそうしなさいって、出がけに手わたしてくれたんじゃない。」

「そうじゃった。わすれていたリリィ。」

リラックスが、思い出していいました。

「おさらに入れたのは、おばけちゃんジュース？　水じゃなかったのか？」

そばで話を聞いていたカメレオンは、とつぜんへなへなとたおれこみました。でも、話にむちゅうで、リラックスもエッちゃんもジンも気づかずにいました。

「おかげで、たくさんのおばけたちに会うことができたわ。ありがとう。」

「ありがとうだなんて、エッちゃんは、こ、こ、こわくなかったのかい？」

「ぜんぜん。こわくなんてありゃしない。はんたいに、とっても楽しかったわ。おばけたちがこわいっていうのは、人間たちがつくりあげたイメージよ。姿《すがた》かたちが自分たちとちがうからって、勝手《かって》にこわがっているだけ。おばけたちにしたら、めいわくな話よ。」

エッちゃんは口をゆがめていうと、また、続けました。

「おばけたちだって、すきで、おばけに生まれたわけじゃない。生まれた時には、すでにおばけだったわけでしょう。リラックスは花のせいに生まれ、カメレオンはカッパ、ジンはねこで、あたしは魔女《まじょ》というように、それぞれの命が決まってた。つまり、生きるものは、だれも命をえらべないってことよ。これを、運命っていうのかな。」

エッちゃんが首をかしげていうと、ジンは、

「あんた、いつの間にか、ずいぶん、むずかしいことを考えるようになったな。」

と、おどろいていいました。

「えへへっ、そうかな？　いつもとかわらないつもりだけど…。」

エッちゃんがいいました。

「成長してるしょうこじゃリリィ。若《わか》いっていうのは、いいなあ。」

リラックスが、にこにこしていいました。

「リラックス、あたしね、考えていくうち、こんな風に思えてきたの。生き物を姿《すがた》かたちではんだんしちゃいけない。大切《たいせつ》なことは、命のかがやきなんじゃないかって…。姿《すがた》かたち、つまり肉体は、きぐるみの人形と同じでかりもの。おそらく、命をみがくために、あたしたちはいろんな姿《すがた》になって生まれてきた。それぞれがちがう姿《すがた》になって出会い、他の命とふれ合うことで、自分自身の命に、よりいっそうみがきがかかるんじゃないかって気がするの。だから、何に生まれても、せいいっぱい生きることが大切《たいせつ》なんだって思う。」

エッちゃんは、ひとことひとことをかみしめるようにいいました。

「ぎゃくの見方をすると、どんな姿《すがた》であっても、それぞれにせいいっぱい生きているのだから、勝手《かって》なイメージをもたないで接《せつ》してくれってことだろう？」

ジンが、口をはさみました。

「その通り！　おばけたちは、それぞれの星でいっしょうけんめい生きていたわ。三つ目こぞうに、ろくろっ首に、やまんばに、のっぺらぼうに、雪女に、オオカミ男に、人魚。だれもが、しんけんだった。あのおばけたちを見ていたら、あたし、もう少しいっしょうけんめいに生きようと思えてきたの。それぞれの生き方は、まったくちがうのに、ふしぎよね。こんな気持ちになるってさ。」

　エッちゃんが言い終えた時、わかれがつらくなるので、こっそりと帰ろうと思ったのです。

ろでした。わかれがつらくなるので、こっそりと帰ろうと思ったのです。

　エッちゃんは、電車にカメレオンのすがたを見つけるとあわてて、

「カメレオン、楽しい旅をありがとう。あなたのおかげでいい旅ができた。」

と手をふりました。

「どういたしまして。おいらも、いい思い出ができた。エッちゃん、ジン君、また、会う日まで。」

とさけぶようにいうと、アクセルを最高にふみました。

　あまだれ電車は、もうスピードで走りだしました。カメレオンは、わかれがつらくて、エッちゃんとジンの顔を見ていられなかったのです。

　でも、カメレオンのなみだは、まどから入ってくる風ですぐにかわきました。エッちゃんとジンは、電車が見えなくなるまで、見送りました。

　少しすると、リラックスがたずねました。

「ところで、エッちゃん、カッパのおさらにいれる水のしゅるいと行動の関係は、いかがじゃっ

たかな?」

「んー、ごめんなさい。二つの関係はぜんぜん、つかめなかった。実は、おさらに入れた液体《えきたい》の正体《しょうたい》が、わからなかったの。色はわかっても、成分《せいぶん》はまったくなぞにつつまれていたわ。」

エッちゃんが、ペコンと頭を下げました。

「そうじゃったか。何かを解明《かいめい》するには、時間がかかるもの。あせらずにいこう。」

というと、リラックスはにやりとしました。

研究《けんきゅう》というものは、おくが深いほど、きょうみをそそられます。かんたんに解明《かいめい》できるものほど、つまらないものはありません。リラックスは、ますますカッパへのきょうみがわき、ぞくぞくしてきました。

エッちゃんは、リラックスの言葉を聞くと、

「カメレオンとせっかくお友だちになれたのに、研究材料《けんきゅうざいりょう》みたいでいやだなあ。」

と、ちょっぴりさびしく思いました。

「そうだ、あたし、もどらなくちゃ。リラックス、おいわいの旅をありがとう。きっと、一生わすれない。」

というと、ジンをかたにのせてじゅもんをとなえました。

もとの大きさにもどると、いちもくさんにかけだしました。ふりかえることなどしません。

「これからもずっと、エッちゃんのことを見守っているよ。失敗をおそれずゆうきを出して、何でもちょうせんするがいいぞリリィ。」

リラックスがつぶやきました。

16　魔女《まじょ》ママとパパのかんぱい

　エッちゃんは戸口をあけると、まっ先にシャワールームにかけこみました。頭のてっぺんからぬるめのお湯をあびると、ぼうけんで出会ったおばけたちが、まるでそうまとうのようにあらわれました。

「ここに、おばけたちが全員あつまったら、

どうなるのかな?」

エッちゃんは、とつぜんわきあがった考えにわくわくしてきました。

「おばけどうしすぐにお友だちになって、人間たちをおどかす計画でもたてるかな? それとも、だれが一番こわいかって、きょうそうを始めるかな? もしかしたら、初めて見る人間を、こわいといってにげ出すおばけがいるかもしれないわね。」

ここまで考えると、ボディブラシにもも色のシャボンをつけました。シャワールームがあまいピーチのかおりにつつまれると、エッちゃんは、いい気分になってきました。

「もしも、『見なれない動物は、おばけである』とていぎしたら、おばけたちにとって、人間がこわいおばけになる。つまり、立場が百八十度ぎゃくてんするってことね。何だか楽しくなってきたわ。こう考えると、宇宙《うちゅう》はおばけだらけ。だけど、動物って、いつも自分中心に物事を考えるから、自分はけっしておばけにはならない。うふふっ、同じことでも立場を変えると、全くちがった見方ができるのね。何だかおもしろい。」

ボディブラシは、あっちこっちにシュシュシュとけいかいにすすみます。全身がミルク色のシャボンにつつまれると、エッちゃんは、気分そうかい。頭もクリアーになってきました。

「そうだ! 雪女のレモンちゃんは、とつぜんいなくなった夫をさがし回るにちがいない。それから、人魚のわかものは、愛《あい》するご両親のもとにとんで帰るでしょうね。」

ここまで考えると、体中のシャボンを洗い流し、シャンプーを手にとりました。あたりいっぱいにマンゴのかおりが広がると、エッちゃんは、かみをシャパシャパとあらいはじめました。

その時、シャワールームのドアがあいて、ジンが顔を出しました。

「ごめん、ジン。あんたのことすっかりわすれてた。すぐに、入っておいで! ピカピカにみがいてあげる。」

エッちゃんが気合いを入れていうと、ジンは、

「ほどほどにたのむよ。」

といって、中に入りました。

　とつぜん、シャボンがジンの体をおおったかと思うと、エッちゃんの手が魔法《まほう》のように動きました。ジンは、うっとりと目をとじました。

「いい気持ちだ。」

シャワールームから出ると、二人《ふたり》はベッドにたおれこみました。なんて、いい気持ちだったでしょう。エッちゃんは、すぐにうとうとしてきました。

　その時です。ジンが、エッちゃんのせなかにとびのっていいました。

「あんた、大切《たいせつ》なこと、わすれてる。」

「そうだ！　あたしったら、ねむってる場合じゃない。」

エッちゃんは、とつぜんとびおきました。


　エッちゃんは、毎晩《まいばん》たからばこの前でじゅもんをとなえました。このはこがあけば、心を持った人間になれるのです。ぼうけんの間はとなえられなかったので、七日ぶりになるのでしょうか。

「パパラカホッホ、今回のぼうけんで、いろんなおばけたちに会った。ホッホッホッホッポポポノハッ…。どのおばけたちも、いっしょうけんめい生きていたわ。だから、生き物を姿《すがた》かたちではんだんしちゃいけない。ホッホッホッホッ、パッパッパッ。大切《たいせつ》なことは命のかがやき。

命をみがくために、あたしたちはいろんな姿《すがた》になって生まれてきた。肉体は、ただのかりもの。パパラカホッホ、ポポラカパッパッ。それぞれがちがう姿《すがた》になって出会い、他の命とふれあうことで、自分自身の命に、よりいっそうみがきがかかる。ピピピノサッサッ、ピピピノサッサッ。だから、何に生まれてもせいいっぱい生きることが大切《たいせつ》なんだ。ホッホッホッホッ、ホッホッホッ。あたしは、魔女《まじょ》の命をせいいっぱいに生きぬいていくわ。パパラカホッホ、パパラカホッホ、ホッホッホッホッ。そして、いつの日か、子どもの心がわかるほんものの先生になりたい。これからもしゅぎょうをつんで、いつの日かほんものの人間になれますように。パパラカホッホ、パパラカホッホ、パパラカホッホ。」

エッちゃんは、たからばこの前で手を合わせました。

今日《きょう》もやっぱり開きません。たからばこのふたは、ぴったりとしまったままです。

ここは、こきょうのトンカラ山。魔女《まじょ》ママとパパは、とっておきの五つ星ワインでかんぱいしました。このワインを開けるのは、うれしい時だけです。

いったい、何があったというのでしょう？　この本を手にしているあなたにだけ、こっそりお教えましょう。

じつは、おどろくなかれ、エッちゃんが、『人間と魔女《まじょ》・エトセトラスーパーテスト』の二つ目に合かくしたのです。このテストは、魔女《まじょ》たちの間でむずかしいとうわさされているものでした。

「エッちゃん、おめでとう。」

「エッちゃん、おめでとう。」

よろこびの声が、トンカラ山にひびきわたりました。

さて、『人間と魔女《まじょ》・エトセトラスーパーテスト』の二つ目とはこうでした。

物事をひとつの立場から見るのではなく、いろいろな立場から見て、思考《しこう》することができる。

これは、一人前《いちにんまえ》の魔女《まじょ》になるためのテストでした。しけんは、まだまだ続きます。かんたんな気持ちでは、一人前《いちにんまえ》になれないということでしょう。

♠ エピローグ

黒い石ここにもあそこにも
おはかは心地よいすみか
かたいベッドでぐーぐーねむると
おどかすパワーもばいぞうさ
先祖《せんぞ》のおばけちゃん大集合
三つ目こぞうは　ねむらない術
ろくろっ首は　まねしんぼう
のっぺらぼうは　心を読む名人
ひいじいちゃんもひいひいばあちゃんも

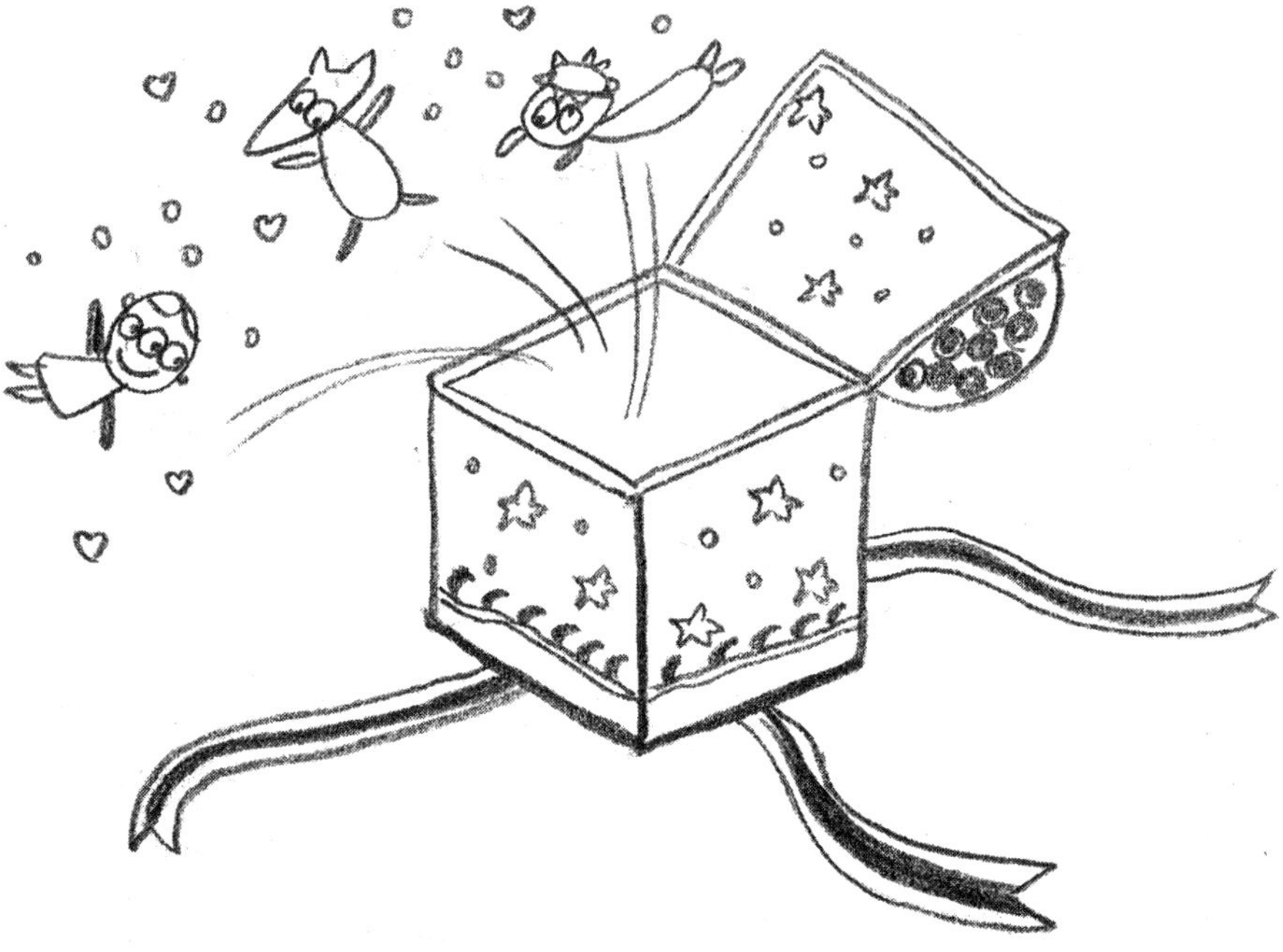

三度の食事は　黄色い声
ひめいに　雷《らい》めいに　さけび声
いろんな声をあつめりゃ
天才おばけちゃん
そうよ　しごとは代々《だいだい》おどかし業

みどりの葉サラサラぼうぼう
草原は心地《ここち》よいすみか
サラサラベッドでガーガーねむると
おどかすパワーもばいぞうさ
未来のおばけちゃん大集合
おばけは　たいくつが大きらい
おばけは　へいへいぼんぼんが大きらい
おばけは　あくびが大きらい
ひまな人間をおどかしてあげる
たたでこうふんのサービスするよ
おどかしの宅急便《たっきゅうびん》
どこへだって　ポッカリ
ぎわくのおばけちゃん
そうさ　未来《みらい》も　やっぱりおどかし業

あとがき

水泳を始めてかれこれ四年になる。これまで、スポーツクラブで、多くの方にお会いしてきた。なかでも、Oさんは感謝の心を教えてくださったかけがえのない方である。

ご自分で練習メニューを作り、毎日トレーニングに励まれている。一日の運動量は四、五時間というから、半端じゃない。しかも、確実にこなす。「今日は疲れているから。」とか「忙しいから。」といった理由で休まれることはめったにない。ご自分に厳しい方なのだ。メニューのプログラムは、柔軟体操に始まり、筋トレ、アクアビクス、水泳と、飽きないよう、しかもバランスよく組み立てられている。立って手をつけば、両手はぺたっと床につくし、片足をあげれば頭の上までのびあがる。そのせいで、今でも美しいプロポーションを保たれている。私の母親と同じくらいの年齢なのに、どう見ても10歳は若く見える。大きなつばのぼうしをかぶり、サングラスをかけると、まるで大女優の貫禄だ。それなのに挨拶をされる時は、腰を90度まげて丁重にさ

れる。こちらは、あわてて首をペコンとさげるのがやっと。そのたびに、申し訳ないと反省するが真似できないでいる。だれかが、

「Oさんは美しいチョウチョウのようね。」と形容すると、

「そんなことあらへん。わたしは光に集まる夜の蛾や。」

と関西弁で返す。夜に運動されることが多いのだ。ウイットの効いた言葉が飛びかうと、ロッカールームは、笑いのうずに包まれる。ほっとする瞬間だ。仕事を終え、一日の疲れをとりに集まる人たちが、ひとつになる。顔は知っているが、名前も住所も知らない。そんなすれ違いの仲間が、一斉に目尻を下げる。あくせくしている世の中だが、Oさんといると、そんなことを忘れさせてくれる。

「田舎の母から、野菜が送られてきたんですよ。こちらにもあるのに…。」

というと、

「お母さんの気持ちがうれしいやないの。親はいくつになっても、子どものことを想っているものです。感謝せなあかんで。」

と、目を細めていう。そして、

「今、こうして生きている。それだけで、毎日が幸せや。」

とやさしくほほえむ。おだやかなOさんの瞳は輝いている。

ご主人に感謝し、家族に感謝し、運動ができることに幸せを感じ、周りの方に笑顔をふりまいておられる。感謝の心があふれだして、大きな愛へと昇華しているようである。

クリスマスが近づいたある日、Oさんのお孫さんはサンタさんに、

「おばあちゃんみたいなあったかい布団がほしい。」

とお願いしたそうである。私は、それを聞いて、

「えんとつには大きすぎて入らない。」

と笑ったが、何てぬくもりのある話だろう。お孫さんは、おばあちゃんのことが大大大好きなんだ。帰りがけに、私が、

「今日は主人と飲み会なの。」

というと、

「うちも、今晩は二人だけや。年をとっても、負けへんで…。競争や。」

と笑って、スポーツクラブの玄関を出られた。私はOさんの後ろ姿を見ながら、

「また、一本とられた。」

とつぶやく。

　この本に出てくるやまんばとは、Oさんがモデルである。やまんばと魔女の戦いは、3対0で圧倒的にやまんばが勝利するが、現実の生活でも、私はちっとも勝てないでいる。でも、私は、Oさんの笑顔に会いたくて、今日もスポーツクラブに出かける。


　話は変わる。「光陰矢のごとし」というが、月日の流れは速いもの。つい最近、結婚したばかりだと思っていたのに、指折り数えてみると来年の二月で十年になる。大波小波を乗り越えて、今は平穏な日々を送っている。始めのころ、私の心では何でも夫が優先しぎくしゃくしていた。いいたいことがあってもぐっとこらえ、やりたいことがあっても我慢してきた。夫に、そうしなさいといわれていたわけではない。私が、『結婚生活とは相手に合わせるもの』と勝手に信じて疑わなかった。そのために、見返りがないと、

「こんなに尽くしているのに…。あなたは、何もしてくれないのね。」

と、不平不満が飛び出した。

　数年たった時、気づいた。

「このままではいけない。お互いがだめになってしまう。」

夫に尽くし、与えてもらうのを待っているだけの人生なんてつまらない。自分の人生だもの。後悔のないよう生きたい。話し合った結果、

「お互いの夢に向かって生きていこう。」

ということになった。

今はいいたいことはすぐに言うし、やりたいことがあれば我慢せずにやる。といっても、何でも容赦なくというのではない。一応、常識の範囲内で言ったり行ったりしている。犠牲的な心情がなくなったので、以前より相手に期待しなくなった。その分、不平不満も出ない。こんな風に書くと、単なる同居人みたいで味もそっけもない夫婦だと勘違いされそうだが、そうでもない。夫婦愛かどうはわからないが、相手を思いやる気持ちは人並にあるつもりだ。とはいっても、人の心は見えないので定かではないが…。

好きなことをやっていると、ストレスはたまらない。わがままいっぱいやらせてもらっていると思うと、自然と感謝の気持ちもわき上がってくる。

「夫よ。わがまま放題やらせてもらってありがとう。」

しかし、夫の気持ちはわからない。もしかしたら、ストレスがたまって、爆発寸前かもしれない。でも、穏やかな性格なので、どんな危機にあっても、決して口にしないだろう。私なんかよりも、何倍も許容量が大きいのだ。騒ぎ立てるのは、たいてい私の方である。

特別のことはないが、Oさんの心情分析によると、これが幸せということだろう。以前から、私は、

「高価なものは何もいらない。」

といっていた。しかし、結婚10周年のお祝いにと誕生石のアメジストの指輪をプレゼントしてもらった時、心ははね上がった。

「夫よ、愛してるよ。」

女は宝石に弱い。世の男性のみなさん、女は高価なものなどいらないといいながら、目の前の宝石を見た時、彼女の瞳が宝石よりかがいていることに気づくだろう。

最後になりましたが、毎回まえがきを添えてくださっている兄さんこと、松丸先生。あなたは、私に魔法のペンを握らせてくださいました。兄さんは、私の『はじまりの人』。私を創造したかみさまです。

椙立悦子（はしだてえつこ）

本名　横山悦子

1961年、新潟に生まれる。

1982年、千葉県立教員養成所卒業後小学校教諭になる。関宿町立木間ケ瀬小学校、野田市立中央小学校で教鞭をとり、現在、野田市立福田第一小学校勤務。

第68回、第70回、第72回コスモス文学新人賞（児童小説部門）受賞

第71回、第74回、第76回コスモス文学新人賞（児童小説部門）入選

第19回コスモス文学賞（平成11年度賞）奨励賞受賞

第20回コスモス文学賞（平成12年度賞）文学賞受賞

〈現住所〉　〒270-1176 千葉県我孫子市柴崎台3-7-30-A-102 ☎0471-83-3990

〈著　書〉『こころのめ』『ピーチクパーチク 天までとどけ』『チチンプイプイ』『とことんじまんで自己紹介』『すっぽんぽんのプレゼント』『強さなんかいらない』『シジミガイのゆめ』『おともだちみつけた』『どれくらいすき?』『まゆげのびようたいそう』『かたちが わたしのおかあさん』『たいやき焼けた？　詩は焼けた？』『魔女がいちばんほしいもの』『魔女にきた星文字のてがみ』『魔女にきた海からのてがみ』『大魔女がとばしたシャボン玉星』『どうぶつまき手まき魔女』『どうぶつ星へ魔女の旅』『コンピューター魔女の発明品』『ドレミファソラシ姉妹のくせたいじ』『からすのひな座へ魔女がとぶ』『ドラキュラのひげをつけた魔女』『地球の8本足を旅した魔女』（いずれも 銀の鈴社）

NDC913

椙立悦子　作

東京　銀の鈴社

212P 21cm（やまんばと魔女のたいけつ）

定価＝一二〇〇円＋税

鈴の音童話

やまんばと魔女《まじょ》のたいけつ

魔女シリーズ No.12

二〇〇三年四月一日（初版）

著　者――椙立悦子 作・絵©

発行者――西野真由美・望月映子

発　行――㈱銀の鈴社 http://www.ginsuzu.com

〒104-0061 東京都中央区銀座一-五-一三-四F

電話 03(5524)5606

FAX03(5524)5607

印刷・電算印刷

〈落丁・乱丁本はおとりかえいたします。〉

ISBN4-87786-732-5 C8093

オオカミ男
のっぺらぼう
やまんば
三つ目こぞう